文春文庫

耳袋秘帖

妖談さかさ仏

風野真知雄

文藝春

耳袋秘帖　妖談《ようだん》さかさ仏●目次

耳袋秘帖

妖談《ようだん》さかさ仏

序章　仏像庄右衛門

一

仏像庄右衛門《ぶつぞうしょうえもん》の斬首《ざんしゅ》は、小伝馬町《こでんまちょう》の牢屋敷において、朝の早いうちに執行されるはずだった。

罪人の仕置きは、かつては小塚原《こづかっぱら》か鈴ヶ森《すずがもり》と限られていたが、いまは牢屋敷でもおこなわれるようになっている。

「仏像……」

とは、もちろん綽名《あだな》である。本名は、大谷《おおたに》庄右衛門といった。

仏像をおもに狙う悪党で、これまで全国の寺院からおよそ八十体に及ぶ仏像を盗んできた。名をあげれば、「え?」と驚くほどの名宝もある。いまもあるべき寺にあるはずと指摘する者もいる。だが、それらは他聞をはばかるため、盗まれたものがひそかに買い戻されたのである。

数日前から、南町奉行所のなかでも、

「ついに、あいつの最後がやって来たか」

という声がしきりに聞かれた。

さんざん恥をかかされつづけたこの男の最後を、心待ちにしてきた奉行所の者も多かった。

南町奉行所の同心・椀田《わんだ》豪蔵《ごうぞう》の豪胆な突入によって捕縛《ほばく》されてからおよそ八カ月。刑の執行が遅れたのは、余罪が次から次へと出てきたからである。

本当のところは、八十体どころか百体を超えるのではないか、いや二百体まで達するのではないかという恐れも出てきていた。

だが、そういつまでもかかずらっているわけにもいかず、ついに評定所でも催促の声が上がっていた。

ところが——。

待ちに待ったこの日は、朝から牢屋敷内で変事が相次いだ。

明け方にボヤがあり、これの火の回りが意外に早く、消火にずいぶん手間取った。

昼ごろには、囚人の一人が気でも触れたように騒ぎ出し、医者を呼び、さらに四人がかりで縛りあげた。すると、今度はどこからともなく異臭が漂いはじめた。クサヤを焼きながら、腐った豆腐でもかきまぜているような凄まじい臭いである。牢役人たちは、「オエオエ」とえずきながら臭いの出どころを探したが、ついにわからずじまいだった。

このため、処刑の準備が整ったときはすでに夕刻になっていたのである。

「そう急《せ》かすな。この世の名残りだろうが」

牢から引っ張り出されてきた庄右衛門は、すこしも痩せてなどいなかった。ただ、捕まったときは丸坊主だったが、いまはざんばらの、百年も使いつづけた筆のようなおかしな髪型になっていた。

筵《むしろ》が敷かれた場所がある。

ここがいわゆる土壇場である。

その前に立った庄右衛門に、牢役人が訊いた。

「辞世の句は読まぬのか?」

「あっはっは、今日はどうも頭のめぐりがよくないみたいでな」

「何か言い遺《のこ》すことは?」

庄右衛門は笑った。

「言い遺すこと？　そうですな。お役人というのは、つくづく能無しよのうと」

「なんだと」

気の短い男らしく、庄右衛門の胸倉《むなぐら》をつかんだ。

「おい、よせ」

同僚があわてて止めに入る。

ここは牢屋敷の敷地の南東の角に当たる。高い塀に囲まれてはいるが、それでも塀の向こうは人形町《にんぎようちよう》へと向かう往来の激しい通りである。梯子《はしご》を売る声が、のんびりした調子で聞こえている。

敷地の隅のいわゆる閻魔堂《えんまどう》と呼ばれる番所には、牢奉行の石出帯刀《いしでたてわき》や、検使として町奉行所から来た与力などが待機した。

咳払いがした。後ろの細い路地のようなところから、刀を持った男が現れた。

「山田《やまだ》どの、待たせたな」

「いえ」

山田浅右衛門《あさえもん》である。

江戸ではその名を子どもでも知っている。

役人ではない。身分は浪人である。だが、公儀御試し御用という役を仰せつかっている。将軍家の佩刀《はいとう》の斬れ味を試すという役目である。

試すには人を斬ってみるのがいちばんである。だが、やたらと斬るわけにはいかない。かくして、本来は牢屋同心がおこなう首斬りの役を代行するようになった。だから別名、首斬り浅右衛門。

暗くて顔ははっきりとは見えていない。が、鼻が高く、なんとなく端正な顔立ちをしているのはわかる。

白い小袖に白い裃《かみしも》をつけている。血しぶきは浴びないという自信でもあるのか。

「ほう、お初にお目にかかる。首斬り浅右衛門どの」

庄右衛門は声をかけた。

山田浅右衛門に会ったときが、この世への別れのときである。だが、庄右衛門の口調ときたら、そこらの飲み屋で誰かに紹介されたような気易さだった。

「む」

山田浅右衛門は不機嫌そうにうなずいた。

「笑われても困るが、もう少し爽やかな顔はできんのかね」

庄右衛門は聞こえよがしにつぶやいた。

「では、そろそろ、あの世に行ってもらうか」

さっきの気の短い役人が嬉しそうに、庄右衛門に目隠しをしようとした。

「いや、目隠しはけっこう。この世の終わりをじっくり見たいのでな」

「ほう。たいした度胸だ」

庄右衛門は自ら数歩進んで、

「どれ、どっこいしょと」

と、あぐらをかいた。まるで釈迦《しやか》の座像のように、どっかりと。

「あぐらではない。正座をせい」

牢屋同心がわめいた。

「いや、これでよいのだ」

「なんだと」

「これでよいと言ったのさ」

庄右衛門は上を向いた。すでに空は闇色に染まりつつある。雲が厚く、月も星も見えていない。そのぼんやりした空に向かって両手を上げると、なにやら水でも掻《か》くようなおかしな恰好《かっこう》をした。

「ん？」

役人たちは怪訝《けげん》な顔をした。

さらに庄右衛門は、左右の手のひらを組み、脇の下を締めるようにした。

すると、身体がすうっと宙に浮かんだ。

庄右衛門は巨体である。それが沈めた材木が水面に浮き上がりでもするように、勢いよく上がったのである。

「これは！」

牢役人は驚くばかりで何もできない。

ただ一人、山田浅右衛門だけが抜刀《ばっとう》し、上段に構えて走った。

「とあっ」

宙に浮いた庄右衛門に斬りつける。皮一枚を残して首を落とすという凄まじい振りである。だが、間に合わない。

「おっとっと」

庄右衛門が尻を振りながら笑った。

巨体はますます高々と上がり、それから横に動いた。

そこはもう、牢屋敷の塀の外である。

「な、なんと」

「そのほうたち、小役人どもに仏罰が下るであろう。あっはっは」

庄右衛門の呵々大笑《かかたいしょう》が塀の向こうから聞こえてきた。

二

それから一刻《いっとき》（およそ二時間）ほどして――。

大川に浮かぶ屋形船の中で、

「お頭《かしら》、お待たせして申し訳ありませんでした」

と、深々と頭を下げた男がいる。

「なあに、わしも今度ばかりはおしめえかと覚悟していた。まさか、双助《そうすけ》が京から舞い戻ってきてくれるとはな」

うなずいたのは仏像庄右衛門である。

かつての手下である双助が、五日前まで微罪で小伝馬町《こでんまちょう》の牢屋敷に入り、脱獄の手立てを検討したのだった。

「よかったです。間に合って」

「それにしてもおめえ、腕を上げたなあ」

庄右衛門の言葉には感嘆がにじみ出ていた。

「恐れ入ります」

「手下たちの動きも見事だった」

と、双助の後ろにいた五人の男たちもぬかりなく褒めたたえた。

庄右衛門を脱出させる際に使ったのは、もともとは庄右衛門の一味が大きな仏像を盗むために磨いた技である。

「あそこであれだけの動きをさせるとは。あのまま、空でも飛ばされるのかと思った」

「はっはっは、驚かせて申し訳ありません」

「おめえ、おれを上回ったよ」

まんざら世辞《せじ》とは思えない口調で言った。

「とんでもねえ。縄の技はどうにか近づけたかもしれませんが、肝心の仏像を見る目のほうは、お頭の足元にも及びません」

「うむ。助けてもらった礼だ。そっちはおめえが江戸にいるあいだ、みっちり教えさせてもらうぜ」

「ぜひ。いやあ、今度の仕事はお頭に手伝ってもらったあと、そこらのことも学んで帰ろうと思っていたんです」

「御仏《みほとけ》のお導きかな」

庄右衛門がおどけた顔で言うと、双助や手下たちがどっと笑った。

「斬首を夜まで引き延ばすのは大変だったろう？」

「まあ、いろいろやりましたから」

「あの臭いにはまいったな。塀の外からぶちまけたのか？」

「ちょっと撒きすぎましたかね」

「何の臭いだ、あれは？」

双助が手下のほうを見た。

「おわいにクサヤを入れたのですが、あんまりひどいので匂い袋を二袋ばかり入れたんでさあ。するとますますひどくなって」

「そりゃあ、悪党の中にいい女を入れたようなものだ。ひどくなるに決まっている」

と、庄右衛門は笑った。

「それより、お頭、まずは腹ごしらえを」

双助が皿と椀を押し出した。

「うむ。これだ、これだ」

目の前にあるのは、うどんの椀《わん》とぼた餅が載った皿である。

あらかじめ双助に頼んでおいたものだった。

「不思議なものさ。娑婆《しゃば》に出たら、ごちそうを食いたいなどとは思わねえ。酒も飲みたくねえ。このうどんとぼた餅が無性に食いたかった」

そう言って、しょっぱいうどんと甘いぼた餅をうまそうにかわるがわる食べた。

「お頭はいいところの生まれで、こんなものはおれたちみてえな育ちのよくねえ者が好む食いものだと思ってました」

と、双助が呆れたように言った。

　じっさい庄右衛門の育ちは恵まれていた。父親は漢詩人として知られ、母親も高名な狩野派《かのうは》の絵師であった。貧困どころか、むしろ裕福だったし、親類を見渡しても悪党などは見当たらなかった。

　庄右衛門が言うには、生まれながらに盗人《ぬすっと》の才能があったらしい。

「何なんだろうな。どこだかの寺の集まりで、みんながうまそうにうどんやぼた餅を食っているのを、わしは正座したまま我慢していたような覚えがあるのさ。行儀よくしろとでも言われていたのかな」

「ははあ」

「ガキにあんまり我慢させるのはよくないことかもしれねえな」

　庄右衛門は大真面目な顔で言った。

「まあ、しばらくは、ゆっくり骨休めして」

　双助がねぎらうと、

「冗談じゃねえ。せっかく出られたんだ。一刻も早く仕事がしたい」

　庄右衛門は箸を置いた。

「なんともお頭らしい」

「おめえが京から追っかけてきたというやつ」

「ええ。麻布《あざぶ》の金翔寺《きんしょうじ》です」

「さっそくいただきに行こうじゃねえか。根岸肥前《ねぎしひぜん》の鼻を明かしてやるのだ」

「わかりました」

双助は手下たちにうなずきかけた。


船はいったん海に出ると、芝《しば》を流れる新堀川《しんぼりがわ》をさかのぼった。すでに深夜である。

庄右衛門は解放感があるのだろう。夜空を眺め、鼻歌などうたっていた。

麻布一之橋のたもとで降り、しばらく歩いた。仙台坂《せんだいざか》という急な坂を登りきったあたりだった。

「お頭、そこが金翔寺です」

「ここは初めての寺だ」

庄右衛門は闇に浮かぶ大きな影を見て言った。

「京都の本山よりも大きくなってます。だからこそ、江戸の末寺に名宝として知られた弥勒菩薩《みろくぼさつ》が贈られてきたのですが」

「うむ。わしも京で拝んだことがある。素晴らしいものだ。これぞ弥勒菩薩といえるものだった。ご開帳はいつだ？」

「あとひと月ほど先です」

「今宵が駄目でも急がなくてよさそうだな」

庄右衛門が言ったとき、

「お頭」

双助が袖を引いた。

坂上の道を〈御用〉と文字の入った町方《まちかた》の提灯《ちょうちん》が並んでやって来るところだった。

提灯は三つだが、人影は五つ見える。

「隠れましょう」

「おう」

一味は木陰などに別々にひそんだ。

真ん中にいた男が何か冗談でも言ったらしく、追従《ついしょう》するような笑いが上がった。

五人は庄右衛門たちが登ってきた坂を下って行く。

町方の提灯が見えなくなるのを待って、

「同心《どうしん》もいたな」

と、庄右衛門が言った。

「ええ。あとは中間《ちゅうげん》が三人と岡っ引きも。なんでしょう、この警戒ぶりは?」

「わしが脱獄したので、さっそく警戒させているのだろうな」

「手早いですね」

「そりゃあ根岸肥前も必死だろうよ」

双助の手下が金翔寺の塀を越え、しばらくしてもどって来た。

「お頭、大丈夫です。床下から伝っていけば」

手下がお頭と呼んだのは双助のことである。

「よし」

双助はうなずいた。

庄右衛門が牢暮らしのせいでいくらか身軽さを失っていて、四つん這いの上にのらせたり、上から引っ張ったりしなければならなかった。

「明日から、身体を鍛え直さなければいかんな」

そう言いながらも、どうにか潜入した。

「こっちです」

母屋のほうの床下へ入り込み、真っ暗いなかを気配だけを頼りに進む。

かちっ。

と、火打ち石の火花が飛んだ。

そこが忍び入るところらしい。

先に一人が這い上がると、小さなろうそくに火を点した。床下までもがうっすら明るくなった。

本堂のわきの控室《ひかえしつ》で、たたみ半畳分が開けられていた。

「秘仏は宝物殿《ほうもつでん》か、あるいはすでに本堂に安置されたのかはまだわかりません。宝物殿のほうに入れられていると、破るのにちと厄介です。まずは本堂のほうを確かめましょう」

と、双助が言った。

「わかった」

「こっちですね」

本堂の中央に出た。

「これが……」

案内した手下が息を飲んだ。

京都の本山にあった名宝弥勒菩薩像はなかった。

だが、そのことで驚いたのではなかった。

ろうそくの明かりが照らし出したのは、想像もしていなかった仏の姿だった。つねづね安置されている阿弥陀如来像なのだろうが、そのありようは尋常ではなかった。

「なんだ、これは……」

皆、仰天した。

あまりにも異様な、見たことのない阿弥陀如来だった。

阿弥陀如来は頭を下に、さかさ吊りにされていたのである。

逆さになると、御仏のおだやかなまなざしは、やけに卑屈で意地の悪い、そこらの与太者のような目つきに見える。

それはまるで、庄右衛門たちを下からじいっと睨んでいるようでもあった。

第一章　豆と扇子

一

「なんとお詫びしてよいものか……」

と、南町奉行根岸肥前守鎮衛《ねぎしひぜんのかみやすもり》に頭を下げているのは、小伝馬町牢屋敷の牢奉行、石出帯刀《いしでたてわき》である。

「ようやく南町奉行所の方たちが捕縛したというのに、またもや野に放ってしまいました。会わせる顔もございませぬ」

平あやまりである。

ひどく沈鬱な表情のうえに、顔色が悪い。根岸よりまだずいぶん若いはずだが、目の下に深い隈《くま》ができ、生気がない。昨夜からこの夕刻まで一睡もしていないだろう。

「もう、よい。石出」

と、根岸は言った。

奉行とはいうが、根岸と対等ではない。階級でいうと、牢奉行は町奉行所の与力《よりき》と同格とされる。

「いえ、気がすみませぬ」

まだ、頭を下げている。

これから進退伺《しんたい》いを出しに行くという。その前に、根岸に詫《わ》びをしに来たのだった。

もっとも進退伺いとはいっても牢奉行は代々の職である。当人は引退しても伜《せがれ》があとを継ぐということになるだろう。

ただ、今度の場合はおそらく受理されることはないだろう。牢屋敷側に大きな失態があったわけではなく、誰であっても避けられない事態だったからである。

だが、石出には言わないが、根岸はひそかに不安を持っていた。何をするかわからない、悪の天才のような仏像庄右衛門《ぶつぞうしょうえもん》である。処刑が近づいたら、奉行所の牢に移したほうがいいかと思っていた。

奉行所にもいちおう牢はある。

ただ、数が少ないためふさがっていることも多い。まして庄右衛門は斬首の刑が確定した囚人である。やはり小伝馬町の牢屋敷に置くのが筋であった。

「それより、心当たりは？」

「は、じつは……十日ほど前まで双助《そうすけ》という男が収監《しゅうかん》されていました」

「うむ」

「そう怪しげには見えず、小柄でおとなしそうな男でした」

「牢で何かしでかしたのか？」

「いえ。ただ、囚人の話ですが、あいつはもしかして、京都で暴れていたむささび双助といういま売り出し中の盗人ではないかと。そう言ったのは大坂の盗人です」

「むささび双助？」

江戸ではあまり働いていないのではないか。ほとんどの報告に目を通す根岸だが、その名前には記憶がない。

「いま思えば、あやつが庄右衛門の脱獄に手を貸したのかなと」

「双助とやらの罪は？」

「番屋の叱りおきくらいですむような、ただのかっぱらいでしたが、態度が悪いというので収監されたのです」

「ふうむ」

もしかしたら、わざと入ったのかもしれない。

「昼のうちに報告を受けたほかに、牢内で変わったことはなかったか？」

朝からつづいたボヤ騒ぎなどについては報告を受けていた。

「はい。あの日、牢屋敷の周囲では、やたらと梯子売りの姿が目立っていたということです」

「梯子売りとな……」

根岸は、夜空に伸びる梯子を思い浮かべた。

――そいつらは、天から来たのだろう。

梯子と綱を巧みにあやつり、庄右衛門を夜の空へと持ち上げたのだ。容易に出来る技ではない。さぞや稽古も重ねたのだろう。

盗人たちはさまざまな工夫を凝らす。皮肉なことに真面目に生きている者より盗人たちのほうが、仕事について工夫を凝《こ》らす者が多かったりするのだ。

綱や梯子や竹の棒などを使って、天から来る者。

地面の下に穴を掘り、地から来る者。

そして、人を騙《だま》し、正面から来る者。

天地人、ここは絶対に大丈夫というところはどこにもない。

それから二刻《ふたとき》（およそ四時間）ほどして――。

根岸は深川《ふかがわ》の船宿〈ちくりん〉の二階で杯を傾けていた。いちばん気のおけない場所である。毎日でも来たいくらいだが、忙しくてせいぜい十日に一度くらいしか来ることができない。

窓を開けると寒いほどの季節になった。だが、部屋の中には小さな鍋を煮るための火鉢が出ている。根岸はほんのすこし障子戸を開け、外を見た。

堀端《ほりばた》の柳が枯れはじめて、わびしげに見えた。

お伴に椀田《わんだ》豪蔵《ごうぞう》と宮尾《みやお》玄四郎《げんしろう》がついてきている。椀田は南町奉行所の本所《ほんじょ》深川回り同心で、宮尾は根岸家の家来である。

「遅いですね、力丸姐《りきまるねえ》さんは」

と、椀田が根岸が細めにした窓を目いっぱいに開けて言った。

「うむ。なにせ、このべつお座敷がかかって忙しい人だからな」

そうは言ったが、この何年か、根岸自身は力丸を座敷にはほとんど呼んでいない。この〈ちくりん〉で会うだけである。

客ということで言ったら、下の下というあたりだろう。

だが、それは力丸が望んだことでもある。「ひいさまとは、芸者としてではなく素のままで」と。

だが、芸者の力丸も面白いのである。去年あたりから髪を切ったせいで、河童《かっぱ》の力丸と綽名され、日本橋《にほんばし》や浅草《あさくさ》あたりでも評判になっている。

話術の巧みさ、芸の素晴らしさ。加えて、気づかい、目くばりは並みの芸者にできることではない。

だから、客はいい気持ちで帰って行くのだ。

客として行っていた当座は、まさかこうした仲になるなどとは夢にも思っていなかった。

若き日の根岸には、次から次に女に惚れた時期があった。

まるで、抱えこんだ鬱屈から女に助けを求めようとするかのように、女に惚れた。

そのうちの二人とは夫婦のように暮らした時期もある。

落ち着いたのは、金で御家人の株を買い、おたかと所帯を持ってからだった。以来、仕事一筋になった。

仕事は面白かった。一生懸命やればやるほど、世界が広がった。

そのおたかが七年前に亡くなった。御家人から旗本へとのし上がり、次の勘定奉《かんじよう》行という声も聞かれるようになったころだった。

力丸と出会ったのはおたかが亡くなって四年ほどしたころである。すでに勘定奉行になっていた。お座敷で出会い、たまさか外で顔を合わせ、ちょっとした相談に乗るうち、驚いたことに恋に落ちた。

——なぜ、この歳で……。

いい歳をした自分に、そんなものがふたたびやって来た。いったい何十年ぶりだろう。それは当初、自分でも意外だった。ひそかにうろたえ、愕然とし、自分は頭がどうかしたのではないかと疑ったほどだった。

そんな気恥かしい日々を思い出したとき――。

当の力丸がやって来た。お俠《きゃん》の魂を秘めた凜《りん》としたたたずまい。深川芸者の看板とも言われる。

だが、いつもと違って、表情が緊迫していた。

「ひいさま。ちょっとした騒ぎが」

二階に上がりきらず、階段の途中で力丸は言った。

「どうした？」

「芸者が一人いなくなってしまいましてね」

「どこだ？」

「すぐ近くの舞鶴屋《まいづるや》さんで」

たしかに近い。ここから建物の一部が見えるくらいである。

「よし、行こう」

と、すぐに足を運んだ。

舞鶴屋は、河岸沿いに橋を一つ渡ったところにある料亭である。江戸には珍しく京風の料理を売り物にしていて、日本橋あたりの老舗の旦那衆がよく利用している。根岸も何度かは来たことがあった。

根岸の顔を見ると、あるじの仙右衛門《せんえもん》が寄って来て、

「これはお奉行さま、わざわざ」

と、頭を下げた。

「芸者がいなくなったと聞いたが？」

「はい。いなくなったというよりは、連れ去られたみたいで」

「ほう」

「売れっ子の小力《こりき》という芸者です。力丸姐さんもよくご存じの。それが、お客を待たせたまま、消えてしまいました」

「急用でもできて、家に引き返したというのではないのか？」

「いえ、小さな悲鳴を聞いた者もいますし、二階の客はここから猪牙舟《ちょきぶね》で小力が連れて行かれるのを見たと。しかも、小力は舟に乗るときもぐったりしているようだったと」

「それは……」

連れ去られたのは確からしい。

「舟にはほかに誰かいたのか？」

「いません。船頭一人だったそうです」

せめてそのときに、ここの船頭にでもあとを追わせればよかったのに、もう間に合うわけがない。

ぐったりしていたというのも気になる。

「いなくなった部屋を見せてもらおう」

「こちらです」

案内されたのは小さな部屋である。芸者が身支度を整えたりするのに使う殺風景な六畳間だった。客が出入りしない部屋は畳もだいぶ擦り切れている。

根岸と椀田、宮尾だけが入り、力丸は部屋の外で待った。

「いたのは小力一人でした」

と、あるじは言って、外のほうを見た。庭づたいに河岸のほうへ抜けられる。

「そのあと部屋には手を付けたか？」

「いえ、何も」

この手の店はどこもそうだろうが、できるだけ騒ぎ立てず、なにごともなかったようにしていたはずである。

「それは？」

と、根岸は落ちていたものを指差した。

「小力が落としていったものみたいです」

「ほう」

開いた扇子である。蝶々《ちょうちょう》の模様が鮮やかだった。

「小力ちゃんがすごく大事にしていたものです。こんなふうにして、置いていくわけがありません」

廊下から力丸が言った。

「おっと、これは？」

と、椀田がかがみ込みながら訊いた。

豆粒のようなものが、三つほど転がっている。

「豆菓子でしょう。小力が好きで、よく食べてました」

と、あるじが部屋の隅に置かれた小さな壺を指差した。なるほど、砂糖をまぶした菓子である。

「なにかな？」

根岸は扇子と豆を見ながら首をかしげた。

手がかりになるのだろうか。

単に扇子を使いながら、菓子を食べようとしたとき、何者かが侵入しただけなのかもしれない。

だが、扇子と豆の置き方がいかにもわざとらしい。

「小力は機転の利く女だったか？」

と、根岸はあるじに訊いた。

「それはもう。客の前ではわざと馬鹿っぽく装ったりしていましたが、受け答えは当意即妙《とういそくみょう》でしたし、いろんなことをよく知っている子でした」

やはり、何かを伝えようとしたのだろう。

「椀田、宮尾。このようすをよく頭に叩き込んでおくようにな」

と、根岸は言った。

二

連れ去られたとしても、小力は大きな声を出したわけではなかった。当て身でも入れられ、気を失ったのか。だが、舟に乗せるまではこの庭の隅を回っていかなければならない。そのあいだ、誰かに助けを求めたわけでもない。

いわゆるかどわかしのたぐいではないような気がする。

だが、力丸がやけに心配そうにしている。それが根岸は気になった。

「力丸。小力のことをくわしく聞かせてくれぬか」

と、根岸は言った。

「お耳に入っていなかったですか？」

「いや」

近ごろ、そっちのほうはとんと縁が薄い。大耳の綽名が恥ずかしい。

「深川一の芸者ですよ」

力丸がそう言った。

「ん？」

深川一はそなたではないか。そなたをしのぐ芸者などいるのか。根岸の顔がそう語っている。

「この半年で、いっきにお座敷の数が増えました」

「歳はいくつだ？」

「二十二です」

「芸者としては伸び盛りだ」

「はい。もともとあたしの妹分の芸者です。芸も達者で頭も切れます。ただ……」

と、言い淀《よど》んだ。

「どうした？」

「本気になります。それは芸者としては……」

「そうか」

だいたいわかった。芸者は客との距離が難しい。本気になればかならずそこにほかの客がからむ面倒ごとが起きる。

これもその可能性が高いというのだろう。

「ここで小力を呼んだ客は誰だ？」

と、根岸はあるじに訊いた。

「お名前はちと」

「ほう」

根岸がじろりと睨むと、あるじは青くなった。

「お大名で」

「なるほど。いまもいるのか？」

「はい。たいそうなご立腹でして」

あるじは肩をすくめた。適当なことを言って、待たせているのではないか。

「いつまでも待たれても困るのではないか？」

「は、ただいま、お断りしてきます」

すぐ近くの部屋だったらしく、怒鳴るような声が聞こえてきた。

「帰るようです」

と、宮尾が外を指差した。

根岸は、提灯の紋と特徴のある身体つきで誰かわかった。北国《ほっこく》の大名で奏者番《そうじゃばん》を務めるうるさ型である。奏者番からは寺社奉行になる場合も多く、いずれ縁もあるかもしれない。

「ずいぶんご執心のようだな」

もどってきたあるじに訊いた。

「小力を二千両で落籍《ひか》したいと」

「その大名だけか？」

「いえ、ご執心なのはほかにも」

なるほど力丸の言ったことは本当らしい。

「名前を訊いておこうか」

「材木問屋の紀州屋《きしゅうや》信右衛門《しんえもん》さん、札差《ふださし》の白銀屋《しろがねや》南蔵《なんぞう》さん、それにお旗本にもお三方ほど」

材木問屋の紀州屋も、札差の白銀屋も、大店《おおだな》として町方の者なら誰でも知っている。

「旗本の名も言えぬと？」

「なにとぞ」

だが、小力に何かあれば、無理やりにでも聞き出さなければならない。

「そのうちの誰かは、今宵は来ていたか？」

「いえ、今日はどなたも」

「小力の家は近くか？」

根岸は力丸に訊いた。

「はい。あたしのところからもすぐのところです」

「椀田。そなた、小力の家に行って、何か手がかりはないか、調べておいてくれ」

と、根岸は命じた。

小力の家は、こぶりではあるがなかなか洒落た二階家だった。

「ごめん」

と、椀田豪蔵が声をかけると、

「はぁーい」

間延びした返事がして、十三、四くらいの小女が出てきた。いっしょに犬の狆《ちん》も出てきて、うるさく椀田に吠えかかる。

戸口の鴨居《かもい》に頭をぶつけそうな椀田の巨体に、小女は驚いたように目を丸くした。

「ここは小力姐さんの家だな？」

「はい」

「おいらがどういう男かわかるかい？」

椀田が訊くと、上から下まで見て、

「町方の同心さまですか？」

と、小女は答えた。なかなか利発そうである。

「うん。じつはさ、小力が誰かに連れ去られたみてえで、行方がわからねえんだよ」

「えっ」

小女は泣きそうになった。

「大丈夫だ、探してやるから。そのかわり、ちっと中を見せてもらうよ」

雪駄《せった》を脱いで上にあがると、さっきまで吠えていた狆が今度は尻尾を振りながらまとわりついてきた。

「かわいい犬だな。何という名だい？」

「ぶそん」

「え？」

「蕪村《ぶそん》。俳諧《はいかい》をやる人の名前だそうです。小力姐さんが尊敬しているからつけたんです」

与謝《よさ》蕪村のことだろう。根岸も好きな俳人だったはずである。

「尊敬する人の名前を犬にな」

椀田は苦笑した。

「はい。でも、小力姐さんは自分でも俳諧をなさるんですよ」

小女は自慢げに言った。

「へえ」

芸者は客の相手をするので、いろんなことができたりする。たしか力丸も自分で小唄をつくったり、見事な字を書いたりしたはずである。

——なるほど小力というのは賢い女だ……。

そう思ったら、なぜか姉のひびきの怒った顔が脳裏に浮かんだ。

「姐さんは二階を使っています」

小女が先に階段をのぼった。

二階は一部屋だけだが、十畳ほどの広さがある。

すぐに感じたのは匂いだった。白粉《おしろい》やお香が混じり合ったのか、それだけではないような気がする。小力自身の匂いもあるのではないか。

ざっと見回す。

ひびきの部屋とは大違いである。

ひびきはいつもきれいに片づけている。だが、あまりにも飾り気がない。

こっちはものが多いせいもあるのだろう、多少、乱雑である。だが、眺め回すといろんなものがあって面白い。

黒檀《こくたん》でつくられたような阿弥陀さまが目立った。

「これは拝んでいたのかい？」

撫《な》でながら、椀田は訊いた。

「はい、毎朝」

「へえ」

阿弥陀さまの台座のところに小さな穴が開いているのが見えた。ずいぶん古いものを骨董屋あたりで買ったのだろう。

「小力姐さんはやさしいかい？」

「怒るときもありますが、やさしいです」

「美人なのかい？」

「あれ、ご存じないのですか？」

「だって、連れ去られたっていうから出張《でば》ってきたんだ。顔なんざ見てねえよ」

「絶世の美人だって言われます」

「ほう。力丸姐さんは知ってるだろ？」

「はい。ここにも何度かお見えになりました」

「どっちが美人だい？」

「ああ。ぜんぜん違いますね。力丸姐さんはなんて言うのか、涼しげですよね」

「まあな」

凜としている。気取っているわけではないが、軽口は叩きにくいかもしれない。

「小力姐さんは、あたしみたいな者が見ても色っぽいです」

「ふうん」

信心深く、俳諧もたしなみ、いい匂いがして、絶世の色っぽい美女。たまには怒ったりもするが、根はやさしい性格……。

一つ、気になることが出てきた。

「小力姐さんはいままで幸せだったんだろうか？」

「ああ、違うと思います」

と、小女はなにか思い出したように言った。

「幸せだったら芸者なんかしていないって言ってたことがあります」

「そうか、薄幸《はっこう》だったか」

なんだか胸につぅーんと来るものがある。会ったこともない女に胸がときめいている。

これは何としても、早いところ助け出さなければならない。

――ん？

文机《ふづくえ》に書きかけの文《ふみ》のようなものがあった。

あたしなんか、いつ、この世から消えたってかまわない女なのです

達筆でそう書いてあった。気になる文面である。

「これは誰に出そうとしていた文なんだろう？」

椀田は小女に訊いた。

「さあ。小力姐さんはいつもたくさん文を書いてましたので」

「たくさんねえ」

何をそんなに書くことがあるのか。

やはり小力という女には、まだまだわからないことがありそうだった。

三

翌朝――。

八丁堀《はっちょうぼり》の役宅で、椀田豪蔵がいまにも飯を食おうとしたところで、奉行所の小者が飛び込んできた。

「椀田さま。小名木川《おなぎがわ》沿いの五本松のところに女の死体が」

「む。すぐ行く」

箸を置き、立ち上がった。

「豪蔵、握り飯にするよ」

と、ひびきが言った。こういう咄嗟《とっさ》の気づかいは八丁堀の女だからだろう。

大きな、猫の頭ほどの握り飯をたちまちつくってくれる。歩きながら食っても飯がこぼれないよう海苔で包み、梅干しだけでなく佃煮なども入っていて、食いごたえもある。

これを食いながら走った。

五本松というのは、小名木川沿いに西に行き、大横川《おおよこがわ》も越えた先にある。九鬼式部少輔《くきしきぶのしょうゆう》の屋敷の中にある大きな松の木が由来なのだが、この枝は塀を越えて張り出し、道はおろか川の上までおおいかぶさるほどだった。

かつては似たような松が五本あったからこう呼ばれるようになったというが、いまは一本しかない。

「あれです」

と、小者が走りながら指差した。

死体が松の木にぶら下がっている。顔は向こう向きだが、近づくにつれようすが見えてきた。

足が上である。さかさになっているのだ。襦袢《じゅばん》の上から縛られているので、裾《すそ》ははだけていない。だが、髪は崩れ、だらりと下がっている。濡れてはいないないみたいだから、水はくぐっていない。

着物の色合いとか、柄のせいだろうか。死体とわかっていても派手な感じがする。

——まさか。

嫌な予感がしてきた。

ぜひ会いたいと思った女と、この世では会えずじまいになるのか。

周囲には大勢の野次馬が集まっている。

綱で囲み、野次馬を遠ざけているのは、九鬼家の中間《ちゅうげん》たちらしい。

「どいてくれ」

野次馬をかきわけて飛び込んだ。

反対側に回って顔を見た。女は目を閉じている。

小力の顔を知らないのだから、当人かどうかはわからない。

「朝、早くに漁師が見つけました」

と、旧知の岡っ引きが言った。ここらを縄張りにしている大工あがりの熊三《くまぞう》という男である。

同心の前ではおとなしいが、陰ではだいぶ町人を泣かせているはずである。ただ、深川のことはよく知っている。

「誰かわかるか？」

と、椀田は熊三に訊いた。

「いえ、知りませんね。だが、着物の感じからすると素人じゃねえ。芸者臭いです」

熊三の返事に椀田は顔をしかめる。

さかさまになった女の顔は、口元が締まり、生きているときは美人だったのではないか。ただ、肌を見ると、若くはない気がする。

――ん？

何か変な気がした。

たぶん殺されたのだろうが、憎しみが感じられない。死体をていねいに扱った形跡がある。木に吊るした縄とは別に、細い紐で裾を縛っている。はだけて恥ずかしい恰好にならないようにしたのだろう。

――面倒な調べになりそうだ。

と、椀田は思った。

「芸者の小力というのが行方がわからなくなっている。小力かもしれねえな」

「小力？　あ、違います。小力の顔なら知ってます。死体になっても、あいつなら
もっときれいですよ」

熊三は即座に否定した。

「そうか」

ほっとした。それにしても、死体になってももっときれいと言われる女というの
は、どれほどのものなのか。

すこし遅れて、検死を担当する同心が小名木川から舟でやって来た。もう六十近
い先輩で、かつては定町回りをしていた。

「松から下ろしてくれ」

結んであった縄をほどき、そっと地面に下ろした。

むしろをかけたあと、野次馬からは見えないようにして丁寧に死因を探る。

「どうです？」

と、椀田は先輩同心に訊いた。

「なんだろう？　とくに傷だとか、絞められた痕だとかは見当たらねえ」

「毒ですか？」

「ううむ。そう見るのがいちばん自然だろうな。それほど喉をかきむしったりした

ような痕はねえんだがな」

「あとは、病死になっちまいますね」

と、椀田は首をかしげた。

「病で死んだ者を、こんなところにさかさ吊りにする罰当たりはいねえだろうよ」

検死の同心は、呆れたように上を見た。


「仏像庄右衛門はそう間を置かずにかならず動く」

と、根岸は言った。

奉行所のいちばん大きな広間に、主だった与力と同心が集められていた。町回りを担当する者はもちろん、養生所見回りや高積見回り、町火消人足改めなどからも人員が補充されている。

「それもおそらく江戸市中の寺を狙う。わしらをからかうためにな。庄右衛門はそういうやつだ」

根岸の言葉に、与力や同心たちは悔しげに顔をゆがめた。

「したがって、次にどこを狙っているか。それを見極めることが、やつをもう一度、捕縛するための最大のカギとなるだろう」

江戸には、子院《しいん》やら塔頭《たっちゅう》などまで入れたら、膨大な数の寺がある。そこにはさらに複数の仏像がある。どれが、庄右衛門が欲しがるようなすぐれた仏像なのか、おそらく住職自身がわからなかったりするだろう。

「何としてもその寺と仏像を特定してもらいたい。これは、奉行所の威信が問われることなのだ」

と、根岸は異例とも言える檄を飛ばした。

こうして南町奉行所は、総出で仏像庄右衛門が次に狙いそうな寺の洗い出しにかかることになった。むろん寺社方の協力も得なければならないのだが。

江戸の寺はほとんどがお濠《ほり》の外にある。

まとまった寺町としては、谷中《やなか》、上野《うえの》、浅草、駒込《こまごめ》、小日向《こひなた》、牛込《うしごめ》、深川、芝、麻布、三田《みた》、高輪《たかなわ》などがある。

これらをばらばらに回っても効率が悪い。それぞれ担当を振り分けることになった。

本来なら南北両奉行所で分け合いたいところである。

ただ、北町奉行所のほうでは、

「脱獄したばかりで、庄右衛門はすぐに江戸では動かない」

という意見が大勢を占めているらしい。このため、江戸市中の警戒より、品川《しながわ》、新宿《しんじゅく》、板橋《いたばし》、千住《せんじゅ》のいわゆる四宿《ししゅく》を出入りする者の警戒に人員を割《さ》いていた。

南町奉行所の同心である椀田豪蔵と、根岸家の家来である宮尾玄四郎は、当然、江戸の寺の警戒のほうに加わることになった。

「椀田と、宮尾玄四郎は深川を」

と、市中見回り担当の与力から命じられた。

「こりゃあ、しばらく忙しいな」

と、椀田は顔をしかめた。

さっき五本松の殺しの報告をしたばかりである。この調べをやりながら、いなくなった小力も探さなければならない。

「なあに、梅次《うめじ》としめさんにも手伝ってもらうさ」

宮尾はのん気な口調で言った。

「そうだな。まず、おいらは梅次といっしょに五本松の殺しと、小力の行方のほうに力を入れる。宮尾はしめさんといっしょに寺を回っておいてくれ」

「わかった」

二人は打ち合わせをして、奉行所の外に出た。

朝早くから、梅次やしめは奉行所前の広場に来ているはずである。とくに探索の御用がなければ帰るし、あるときは命令をうけて江戸の町に散る。

このところずっと、梅次もしめも忙しい。神田《かんだ》の辰五郎《たつごろう》親分の下っ引きであるしめはともかく、いちおう岡っ引きとして神楽坂《かぐらざか》に縄張りがある梅次は、地元で幅を利《き》かせる暇もないくらいだった。

やはり、梅次もしめも来ていた。

すぐにやるべきことを説明し、四人で永代橋《えいたいばし》を渡り、そこで二手にわかれた。

深川の土地も広い。順序よく回らないと、何度も同じ道を歩く羽目になる。

宮尾はしめと相談して、南から大きく深川を回ることにした。

「ねえ、宮尾さま」

歩き出すとすぐ、しめが話しかけてきた。

「なんだい、しめさん？」

「これは噂で聞いたのですから、怒らないでくださいよ」

「怒らないよ」

と、にこにこしている。じっさい宮尾はあまり怒ったりすることはない。いつも機嫌がいい。武士らしくないと言われるくらいである。

「宮尾さまは悪食《あくじき》なんだそうですね」

「悪食？　どういう意味だい？」

「器量の悪い女を選んでつまみ食いする」

しめは遠慮がない。聞いたことをそのまま言った。

「ひどい話が出回ってるなあ。誰に聞いたんだい？」

「ほら、奉行所の近くにある〈鬼百合《おにゆり》〉という飲み屋で」

「ああ」

牡丹《ぼたん》がいる店である。最近、気まずくて行かなくなった。椀田が謹慎を解かれたため、根岸と外で打ち合わせをする場所が必要なくなったこともある。

もっとも、牡丹とは男女の仲ということでは何もなかった。いや、何もなく終わった。そこまで言われるような覚えはない。

「ほんとなんですか？」

「そりゃあ言い方が違うよ。わたしは女の器量の見方がちょっと人と違うというだけなんだ」

「どういうことですか？」

「皆がきれいだというのはあまりきれいに見えず、器量が悪いと言われる顔のほうが、味があって面白いと思うのさ。別に、器量が悪いというだけで選んでいるわけでもないし、面白味がない顔は選ばない」

「なんだかよくわからない説明ですね」

しめは首をかしげ、ぐっと顔を前に出すと、

「宮尾さま、あたしはどうでしょうか？」

と、図々しく訊いた。真っ黒に日焼けしている。色っぽいのを通り越して、うっすら呆《ほう》けてきたような笑みも浮かんでいる。

「えっ」

宮尾は一歩引いて、強張った顔で言った。

「しめさん、悪いが、わたしは歳にはうるさいんだ」

四

椀田豪蔵は梅次とともにもう一度、五本松の現場に行った。

むろん、遺体はすでに片付けられている。

番太郎がいた。猿江町《さるえちょう》の番屋から、怪しいやつでも見張るように言われて来ているのだろう。昨日の現場でも見かけている。

「よう」

「あ、同心さま。仏の身元がわかったみたいです」

「ほう。誰だ？」

「いま、番屋のほうに。あっしはここにいるように言われただけで」

猿江町の番屋に行った。

線香の匂いがむせるほどである。遺体は早桶《はやおけ》におさめて、隅に置かれている。

検死役の先輩同心も来ていた。

「あれ、やけに早いな。いま、そなたを呼びに奉行所に行かせたばかりだ」

「五本松に寄って、番太郎に聞いたんですよ。身元がわかったそうで？」

「うむ。芸者だ。あのあたりによく行く船頭がいて、顔を覚えていた」

「芸者？」

小力と関係があるのだろうか。椀田は不安な気持ちになった。

「深川の？」

「ああ。玉助《たますけ》といったらしい。東平野町《ひがしひらのちょう》の置き屋の女さ。ちっと歳がいっていて、仕事は減っていたが、売れっ子だったときはあったらしいぜ」

「なるほど。玉助ねえ」

深川芸者は力丸や小力と同様に皆、男の名をつける。

たしかに顔立ちは悪くなかった。

さっそくその置き屋に行こうとすると、

「玉助！」

と、名を呼びながら番屋に駆けて来る女がいる。ようすからして、母親ではなく、置き屋の女将だろう。

早桶をのぞいて、

「なんだってこんなことに」

ひとしきり泣いた。

「玉助は何か面倒ごとを抱えていたのかい？」

涙がおさまるのを待って椀田が訊いた。

「さあ……なんせ無口な妓《こ》でしたので」

女将はぼんやり宙を見たまま答えた。


宮尾としめは朝から寺を回りはじめて七つめの寺にやって来た。

妙祥山天長寺《みょうしょうざんてんちょうじ》とある。

「ここには立派な仏があるらしいですよ」

と、しめが誰も聞いていないのに耳打ちするように言った。

「へえ、よく知ってるね」

「なあに、そこの隣りの寺がうちの菩提寺《ぼだいじ》でして」

「あ、そうか」

指差したしめの菩提寺は、警戒はまったく必要なさそうな、崩れそうな寺である。

いっぽう、天長寺は、周囲とは雰囲気が違って風格さえ漂う寺である。

境内はそう広くないが、建物はこぶりながらも重厚なつくりで、深川でも指折りと言えるほどだろう。庭の手入れも行き届いていた。

ここはもう、深川もかなりはずれのあたりである。いま、椀田が調べている殺しの遺体が発見された五本松は、ここからすぐのところでもある。

そうじをしていた小坊主に宮尾が訊いたところでは、西国の大大名の一人が、ここを菩提寺にしているらしい。

門のわきには竜の絵が入った貼り紙があり、筒袖のようなものを着た若者が熱心に文字を読んでいた。宮尾もちらりと見ると、襖絵《ふすまえ》を募集するからどうのこうのと書いてあった。

まずは外を一回りしたあと、境内に入り、本堂の屋根のあたりを眺めた。屋根の傾斜、近くの立木、塀の外からの距離などはとくに念入りに見る。

――ここは、注意が必要だ。

と、宮尾は思った。

いくつかの寺が敷地を隣り合わせていて、そっちの寺を経由して来る恐れがある。声を掛け合うなどして、ともに警戒し合うような態勢が必要だろう。

数多くの寺を回って忘れるとまずいので、宮尾は腰に差していた矢立を取り出し、そのことを手帖に記した。

そのとき、後ろから声がかかった。

「どうかしたか?」

やけに身なりのいい武士が声をかけてきた。

桶も柄杓《ひしゃく》も持っていない。参詣ではないらしい。もっとも、宮尾としめも持っていない。

「町方の者か?」

同心の恰好ではないのに、その筋の者とすぐにわかったらしい。

「町方というよりわたしは根岸肥前守の家来なんだがな」

と、宮尾はとぼけたような返事をした。

「わしは寺社方の者だ」

「……………」

宮尾は黙ってうなずいた。相手に強い敵意を感じた。

「むやみに境内に入るのはまかりならぬ」

「むやみに? われらは仏像庄右衛門を警戒するため、巡回している。そのむね、寺社方にも伝わっているはずだが」

「いや、聞いておらぬ」

「おかしいな」

「ここはわれらが管轄するところ。出て行ってもらおう」

すっと前に出てきた。

右手は刀にかかっていないが、左手で鞘を押し下げ、斜めにした。居合いとは限らないが、いつでも抜ける恰好である。

瘦軀《そうく》である宮尾とは正反対に、がっちりした体形をしている。肩などは鏡餅でもくくりつけたみたいに盛り上がっている。

目がひどく細い。仏の目は半眼《はんがん》になっているが、それと似ている。表情もないが、ただし仏の穏やかさはまるで感じられない。

——かなりできる。

宮尾が得意なのは、むしろ剣よりも手裏剣の技である。だが、もっと離れなければ放てない。

——まさか、抜くようなことは。

ないとは思うが殺気に近いものを感じる。

「出ようか？」

と、宮尾はしめに言った。

「出ましょう、出ましょう」

そそくさと境内を出た。男はじっとこっちを見ている。

門の外に出たあと、

「なんですか、あれ」

と、しめが大きな声で言った。わざと聞かせたいのかもしれない。

「寺社方って皆、あんなふうに威張っているんですかねえ」

「さあな」

「あの目つき、怖かったですね」

「怖かったな」

宮尾も素直に認めた。じっさい、手に汗をかいていたのである。

五

椀田と梅次の調べは、あまり進んでいない。

五本松で死んでいた玉助は、よほど無口で人づきあいがなかったらしく、同輩の芸者なども交友関係については何も知らなかった。ただ、とくに怪しげなようすなどはなかったという。

とすれば、通り魔のような災難も考えるべきなのか。

ところが、目撃者もいなければ、近くで似たような凶事があった例もない。

なにより気になるのは、わざわざ遺体をさかさまにしてぶら下げてあったことである。意味がなければ、手間のかかるあんなことはしないだろう。

「わからんな」

「わかりませんね」

椀田と梅次は、日に何度もそんな言葉を繰り返している。

小力の行方も同様で、椀田は一日の調べの最後に必ず小力の家に寄って、もどっているかどうかを確かめた。

だが、まだもどらない。

訊くたびに小女に泣かれるので、椀田もつらくてたまらない。

根岸もかなり心配していて、舞鶴屋《まいづるや》のあるじが明かさなかった三人の旗本の名もちゃんと調べていた。おそらく力丸に訊いてわかったのだろうが、すでに目付などを通してふだんの行状なども聞き込んであった。根岸家の中間なども動かして、中間同士のうわさを確かめたところ、芸者を屋敷に連れ込んでいるような者はなさそうだということだった。

――まったくあのお奉行のすることといったら……。

椀田は、奉行所の同心あたりが束になってかかっても根岸にはかなわないと思った。

三日ほどすると、深川の寺を一回りし終えた宮尾としめも加わった。

「じゃあ、小力の行方のほうはわたしたちが受け持つか？」

と、宮尾が言った。

「そうしてもらうか」

むしろそっちのほうが気になるが、しかし、同心が殺しの探索を根岸家の家来に放り投げるわけにはいかない。

「とりあえず、そこで団子でも食ってからはじめよう」

椀田が小名木川沿いにある水茶屋を指差すと、しめが嬉しそうな顔をした。

腰をかけてしばらくしたら、

「秋だな」

と、椀田が言った。

「秋だよ」

宮尾はのん気な口調で答えた。

梅次としめは団子を頬張っている。

「句《く》でも詠みたいところだ」

椀田が言った。小力が俳諧をたしなむというのが頭にある。

「え？」

宮尾は、お前が？という驚いた顔をした。

「なんだよ」

「句って、あれだぞ、五七五だぞ」

「それくらい知ってるよ。七五三と間違えるとでも思ったのか」

「自然の些細《ささい》な美しさを詠んだりするんだ」

「ああ、おいらはそういうものを感じやすいんだ」

真面目な顔でそう言って、椀田は上を見た。

水茶屋の前に、大きなイチョウの木がある。

秋の柔らかい日差しを透かしているその葉が、色づきはじめていた。早い枯れ葉が数枚、下に落ちている。扇子のかたちに似ていた。

椀田はふと、

——扇子はイチョウを示したのではないか？

と、思った。

いつも姉のひびきから、ぼんやりしているとか、腐ってきているなどと言われる頭に、亀裂のようなものが走った気がした。あるいは光のようなものが。

——では、豆はなんだ？

イチョウの枝をよく見た。実が生《な》りつつある。イチョウの実か。

銀杏《ぎんなん》だ。

待てよ。小力にご執心だった男の一人に札差《ふださし》の白銀屋南蔵がいた。「銀」と「なん」の二文字が入っているではないか。

——これだ。

椀田は空に飛び込むような勢いで、いきなり立ち上がった。

椀田たちが奉行所にもどって来ると、根岸は外回りに出ているとのことだった。

「そなたたちが見て回って、危なそうだと報告のあった寺をお奉行自身が確認して回っている」

と、与力の青田《あおた》忠弥《ちゆうや》が言った。

「なんと、熱心な」

いつものことながら椀田は感心する。

「それだけ御前《ごぜん》は庄右衛門のことが気がかりなのだろう」

と、宮尾が言った。

さらに青田忠弥は言った。

「それだけではない。知り合いの骨董屋なども訪ねて、江戸中の寺にあるすぐれた仏像や秘仏も洗い出されている。ただ、寺には秘密も多く、これは底無しだとおっしゃっていたがな」

「はあ」

椀田や宮尾が、いまの仕事の量であっぷあっぷしているのが恥ずかしくなるほどである。

仏像庄右衛門の動きは皆目《かいもく》わからない。

いまのところ、寺が襲われたという話は出ていないが、だいたいが仏像庄右衛門は飛び込みの商売みたいな仕事はしない。

たっぷり時間をかけ、周到な準備をしたうえで、莫大な儲けを狙う。

いまは、ひっそり息をひそめていて何の不思議もない。

「お伴は？」

椀田は気になって訊いた。下手なお伴では身の安全に問題がある。

「定町回りの栗田《くりた》次郎左衛門《じろうざえもん》と、ご家来の坂巻弥三郎《さかまきやさぶろう》さ」

「ああ、なるほど」

自分たちをお伴にしないときは、いつもあの二人をお伴にしている。あの二人なら大丈夫だ。栗田は八丁堀でも一、二を争う剣の遣《つか》い手だし、坂巻は見たことのない二刀流を遣うと聞いている。

そんな話をしていると、根岸が栗田と坂巻を連れてもどって来た。

「よう」

「お疲れさん」

顔なじみ同士で軽く挨拶をすると、栗田と坂巻は別室に下がった。

「何か進展はあったか？」

根岸は茶を頼んだあと、すぐに訊いた。

「ええ、扇子と豆の意味がわかったような気がします」

椀田はイチョウの葉と実に見立てた自分の推測を語った。話すうちに頓馬《とんま》な見当違いのような気もしてきた。

「なるほど。それだ」

根岸はすぐに言った。

「いや、当たってみないと」

「まず、間違いない。よく解いたな」

「ええ、まあ」

椀田は照れた。

「イチョウのかたちとその実とはのう。わしも思いつかなかった」

「いや、たまたまイチョウの木が黄色くなっていたのを見ただけで」

「白銀屋か。名前が出たうちで、いちばん性質《たち》が悪いな」

「では、命までも？」

椀田は立ち上がりかけた。

「そこまで大胆な悪事はすまいが、女の気持ちなどは何とも思わぬわな」

「ううっ」

悔しそうに呻いた。

「さて、どう動こう」

と、根岸は思案した。

「踏み込むのでは？」

「そう乱暴もできまい。小力が自ら行ったのかもしれぬ」

たしかにそうなのである。

いろいろ訊いても、じっさい小力は男にもてるし、おとなしく求愛を待つような女でもない。

「どうしましょう？」

椀田はじれったい気持ちで訊いた。

「力丸に行ってもらうか」

「ああ」

根岸の言葉に椀田だけでなく、宮尾や廊下に控えていた梅次としめもうなずいた。

「後輩を迎えに行くだけだ。角も立つまい。よし、わしが力丸に頼もう」

そう言って、もどって来たばかりの根岸は茶をすすりながら立ち上がった。

六

札差というのは、俸禄《ほうろく》を米で支給される武士からその米を受け取り、金銭に替える商売で、その手数料を稼ぐのが本来の利益である。

だが、これでは豪商は生まれない。

預かった米を担保に、高利貸しをおこない、こっちが莫大な利益を生んだ。

しかし、高利貸しとはいえ、楽な商売ではない。取り立てに失敗し、つぶれる札差も少なくない。

繁盛している白銀屋は、大名貸しで相当の利益を得ているという。ただ、これはあくまでもうわさである。

店はほかの札差と同様に蔵前にある。

商品を並べるわけではないので、呉服屋のような間口は必要としないが、それでも間口十間《じっけん》（約十八メートル）ほどの堂々たる店構えである。

この日は雨が降っていた。冷たい秋雨で、足元が濡れると凍りつくような痛みが這い上がってくる。

店の前に、おうち色という爽やかな薄紫とも言える色合いの傘の花が咲いた。

その傘が軒下ですっと閉じられると、おかっぱが伸びたような不思議な髪形の、凛とした美貌の女があらわれた。

粋な小紋の着物に黒の羽織を着ている。

「白銀屋さんにお会いしたいのですが」

「どちらさまで？」

「深川芸者の力丸といいます」

手代はこれが力丸かというようにうなずくと、奥へ入っていった。

力丸が後ろを見ると、つづいて椀田豪蔵と梅次があらわれ、軒下から店へ足を踏み入れた。

白銀屋南蔵はすぐに姿を見せた。口だけのつくり笑いをしているが、見た目はいかにも堅い商売人である。

「これは力丸姐さんに、たしか南の椀田さま。どういったご用件で？」

しらばくれた顔で言った。

「こっちに小力がかどわかされていますでしょ。そろそろもどしていただこうかなと思いましてね」

「さあて、小力がねえ」

「白銀屋、とぼけなくていいんだ。もう確かめた。裏手の二階の窓辺で、小力は退屈そうにてるてる坊主を下げていたぜ」

と、椀田が口をはさんだ。

嘘ではない。遠くからだが横顔を力丸が確認した。

「そうですか。見られちまったらしょうがありませんね。ですが、かどわかしとは大仰《おおぎょう》な」

「まずは会わせてもらおうかい？」

「わかりました」

あるじは手代にうなずきかけ、少しして、その小力がやって来た。

暗い表情だったが、力丸を見ると、

「姐さん」

さあっと陽が差したように輝いた。

椀田は探していた小力を正面から見た。

思っていたより童顔である。それなのに、色気を感じさせる不思議な顔立ちだった。浮世絵の美人と違って、目は大きい。すこし茶色がかっている。唇がぷっくりふくれたように見えるのも愛らしかった。

小女が言ったような絶世とまではいかなくとも、たしかにきれいな女だった。

「心配したよ」

「うん」

子どものようにうなずいた。

「乱暴などは？」

と、椀田が小力に訊いた。

「何もされていません」

「連れて行かれるとき、ぐったりしていたという証言もあるぞ」

「ああ。なんか、どうでもよくなってしまったんです。どうしてあたしはこういう目にばかり遭うんだろうと思ったら、投げやりな気持ちになって」

ふてくされたような調子で言った。

「とくにつらいことはなかったの？」

と、力丸が訊いた。

「毎日、ごちそう攻め。お姫さまのような扱いでした」

わきで白銀屋がどうだというような顔をした。

「では、ずっといたかったのかい？」

椀田が白銀屋を睨みながら訊いた。

助けたのは迷惑だったとでもいうのか。

「とんでもない。だいいち、あたしはお姫さまなんかじゃない。野育ちも野育ち。そんなのがお姫さま扱いされたって、それは囚われの身ですよ」

小力はきっぱりと言った。

「白銀屋。連れて帰るぞ」

「どういう理由で町方がそこまでなさるのか」

この連中は、武士など怖がっていたら商売にならない。文句たらたらの顔で言った。

「申し開きがあるなら奉行所まで来い。根岸さまが直接、お話しになるだろう」

「………」

白銀屋は口をつぐんだ。

根岸の名が利いたのだ。

椀田と梅次は、小力をつれて奉行所に行った。

力丸は途中で別れた。根岸の仕事の場に力丸は決して顔を見せない。「ひいさまはあたしの仕事についてなにも言わない。あたしもひいさまの邪魔はしない」どうもそういう決意らしい。

表ではなく、裏手の私邸のほうへ入った。色っぽい芸者を表のほうに入れたら、皆、なにごとかと寄って来る。

やって来た根岸は小力を見て軽くうなずき、

「危害を加えることはあるまいと思っていたが、それでも予想できぬことは起きる。本来、人を連れ去るなんて許されることではない。これでよいな」

と、言った。

「はい。ありがとうございました。でも、よくぞあそこがおわかりに」

小力が感心しきった口調で言った。

「あんたの見立てはこいつが解いたんだ」

「まあ」

初めて小力は正面から椀田を見て、

「お名前は？」

「椀田です。椀田豪蔵といいます」

椀田は怒ったように言った。

「あら、お名前はうかがってましたよ。あなたさまが、椀田さま」

「それはどうも」

椀田の顔がいつになく赤い。

忙しい根岸である。また、奉行所の表へともどった。

「じゃあ、今日は家まで送るか」

と、椀田は立ち上がりかけたが、

「そういえば、小力姐さんに訊きてえことが……」

「何でしょう？」

「玉助って芸者のことは知らないかい？」

力丸にも訊いている。お座敷で何度かいっしょになったが、ほとんど知らないとのことだった。

玉助というのは誰に訊いてもふだんは口数が少なく、同輩たちともほとんど話をすることはなかったらしい。

「玉助姐さん？　はい。知ってます。どうかしたのですか？」

「それが殺されたのさ」

「えっ」

「五本松のところで、さかさ吊りにされて」

「さかさ吊りにですって？」

小力は座ったまま崩れるように気を失った。

「おっと」

椀田は慌てて抱きすくめる。

そのとき、椀田の頬が小力の頬と重なった。柔らかい頬。毛のない桃。椀田豪蔵は自分もこのまま気を失いそうな気がした。

第二章　夜の鯉

一

椀田《わんだ》と宮尾《みやお》、そして梅次《うめじ》としめも加わって、夜の巡回に出た。

いま、根岸肥前守《ねぎしひぜんのかみ》のもとにはさまざまな報告が上がってきている。奉行所が総出で動いているだけでなく、江戸に数百人はいるという岡っ引きたちも調べに加わっている。

由緒ある寺、すぐれた仏像がある寺、いわく因縁のある秘仏……仏像庄右衛門《ぶつぞうしょうえもん》が狙いそうな寺がすこしずつ絞られつつある。

そうやって名前が上がった寺の周辺に、怪しい動きはないか、盗人らしき男が中をうかがったりはしていないか、さらに調べる。いま、椀田たちが巡回している目的というのがそれである。

しめがいるのを見た椀田は、

「夜の見回りに女はちょっとなあ」

と異議を唱《とな》えた。

だが、しめは、

「夜回りくらいのこともやれなかったら、あたしはいつまでも一人前の岡っ引きにはなれませんよ」

と、強く言い張ったため、椀田も認めざるを得ない。

深川では八カ所の寺が要注意とされている。

すでに各寺には通達も行っているはずである。

じっさい、各寺で対策も取られ、丈真寺《じょうしんじ》という寺では、本堂の回りの木が切り倒されていた。切り株がまだ真新しく、夜に木の香りを放っている。

「おう、ちゃんとやってるよ」

椀田は嬉しそうに言った。

どうも根岸には、しっかりした警戒態勢を見せつけることで、逆に庄右衛門が狙う寺を狭めるという狙いもあるらしい。

「場所と刻限、それがわかれば仏像庄右衛門ばかりか、あらゆる盗人は捕まえられるのさ」

根岸はそうも語っていた。

深川の巡回も終わり近くなったころ、

「これは、お願いなんですが……」

と、しめが切り出した。

「なんだよ？」

「この先の川におかしなものが出るという話を聞き込んだのです」

「またかよ」

と、椀田は顔をしかめた。

「夜、釣りをしてますでしょ。急に糸が強い力で引っ張られ、ちぎられてしまうんです」

「大物がかかったんだろ」

「一人じゃないんですよ。そのあたりにいた釣り人がいっせいに引っ張られるんです。もし、魚だったら、二間《にけん》(約三・六メートル)じゃきかない、三間はあろうというくらいなんですよ」

「河童はそんなにでかくないぜ」

「そうですよねえ」

「どうしてそういう話を聞き込んでくるんだよ」

「立ち寄ってくださいよ」

「ここからすぐのところなんです」

「嫌だよ」

「この糞忙しいときに、なんでそんなくだらねえことに首を突っ込まなくちゃならねえんだよお」

椀田がそういうのも無理はない。仏像庄右衛門の警戒もあれば、五本松の殺しもある。小力《こりき》に事情を訊いているが、どうもはっきりしないことがある。

「行ってやろうぜ。しめさんだって、聞いてしまった手前、面子《めんつ》もあるんだろうし」

と、宮尾がわきから言った。

「やっぱり宮尾さまはおやさしい。女にもてるわけです」

「女にもてるだと……」

その言葉が、肋骨《ろっこつ》のあいだからすっと椀田の胸へと潜《もぐ》り込んだ気がする。

「まったくしょうがねえな」

四人は向きを変えた。

やって来たのは、油堀西横川《あぶらぼりにしよこがわ》と呼ばれる流れである。

大川と並行している運河で、潮の影響は受けるが、流れはある。

「ほら、釣り人が出てるでしょ」

と、しめが暗い中で指を差した。

たしかに四人ほどが釣り糸を垂らしている。

「これでもずいぶん少なくなったそうです。皆、河童が出るというので場所を変えてしまったみたいです」

すぐ近くに来たときである。

釣り人の一人が叫んだ。

「出た！」

すぐに別の男も言った。

「こっちもだ」

「凄い力だ！」

皆、釣り竿が上流のほうを向けてしなっていた。

「何なんだ」

椀田たちは駆け寄って、川をのぞき込んだ。だが、暗くて何も見えない。

「明かりを」

梅次が持っていた提灯を川に差し出すようにした。だが、提灯の明かりなんぞは知れたものである。川面まではほとんど届かない。

「あっ、駄目だ」

と言った釣り人の糸が、ぶちっと切れた。竿が勢いよくまっすぐにもどる。

「おれもだ」

もう一人の竿もまっすぐになった。

まだ一人だけ、竿が大きくしなっている。

「貸せ」

椀田がその竿をつかみ、大物を釣り上げるつもりで強く引いた。

確かに強い力で引かれている。

ぶちっ。

糸が切れた。

間違いなく水の中を大きなものが動いている気配があった。

それに針が引っ掛かるのだ。

「追え」

椀田が上流を指差すと、梅次が走った。

すこし先で川は二手にわかれている。橋が架かっていないため、まっすぐには行けない。梅次は右手に回っていった。

「何だった？」

と、宮尾玄四郎が椀田に訊いた。

「わからねえなあ。だが、大きいのは確かだ。何だろう？」

首をかしげるしかない。


翌日——。

椀田豪蔵《ごうぞう》は朝の早いうちに、深川の小力の家を訪ねた。白銀屋からもどったあと、椀田は毎日ここに来ている。

今日もろくな話は聞けないだろうという思いはあったが、顔が見たくて来てしまった。

小力はぼんやりした顔で二階の窓辺にいた。

下から声をかける。

「よう、今日もまだ休むのかい？」

「ええ。お座敷で騒ぐ気分にはなれないんです」

「そりゃあそうだろうな」

玉助《たますけ》の死はそれほど衝撃だったのだろう。それについては訊きたいことがいっぱいある。

「上がってもいいかい？」

椀田は二階に向かって訊いた。

「かまいませんが、気持ちのいい天気ですよ。そこらを歩きませんか？」

「そりゃあいいねえ」

椀田はにんまりした。

降りてきた小力は、島田に結《ゆ》ってはおらず、かんたんに巻き上げたような髪型である。それがまた、よく似合って色っぽい。

顔立ちはあどけないのに、色っぽさが漂う。心を偽っているふうでもないが、芸者の如才なさも身についている。いろんな顔がちらちらする女だった。

着物は何の柄なのだろう。絣《かすり》に似た細かな紋が入っている。濃い灰色の地に、赤と黄の紋がいかにも秋らしい。

「どっちに行こうか」

「静かなほうに」

とくに目的はないみたいだが、小力は自然に大川のほうに歩き出した。

並んで歩く。

振り返って小力を見つめる男たちがいる。

椀田は浮き浮きしている自分を感じている。美人でお洒落な女と町を歩くのがこんなに嬉しいとは思わなかった。

「今日は何をお訊きになりたいんですか？」

歩きながら、からかうような口調で小力が訊いた。

「なんか、あんたは隠しているようなことがあるような気がするんだよなあ。言いたくねえことがあるのは仕方がねえ。それは誰にだってある。だが、こいつは殺しに関することなんだ」

「はい」

真剣な顔でうなずいた。

「だから、玉助のことは洗いざらいしゃべってもらいてえ。それであんたに危害が及ぶかもしれないんだったら、おれたちが全力で守ってやる」

「ただ、あたしって、ぼんやりなんですよ。肝心なことをいっぱい見過ごして生きていたりするんです。ほんとに馬鹿。いつ、この世からいなくなっても構わない女なんです」

同じような文句が机にあった文にも書いてあった。若い娘にありがちな謙遜とか口癖みたいなものではなく、本気の思いなのかもしれない。

「そんなことはねえ。あんたはとびきり賢い女だ」

「まあ。あたしのことを賢いなんて言うのは椀田さまだけ。みんなは馬鹿だけど、かわいい女って言いますよ」

「みんな、見る目がねえのさ」

目の前に大川が広がった。

川《かわ》っ縁《ぷち》は段差になっている。小力はそこに腰を下ろした。

大川の流れは目の前である。引き潮どきらしく、流れが速そうだった。ときおり、上流にさかのぼるような魚の群れも見える。

「玉助姐さんとは何度か、いっしょにお説教を聞きに行ったんですよ」

「ほう」

初めて聞いた話である。いままで忘れていたのか。それとも隠していたのか。隠すほどのことではないだろう。

「玉助姐さんが最初に誘ってくれたんです。あたしがぼんやりしていたときに」

「どこに行ったんだい？」

「深川のあっちのほうの寺」

「あっちのほうと言われてもな」

これがほかのやつなら、怒鳴っている。だが、苦笑するだけである。

「あたしも知らないんですよ。いつも玉助姐さんが来て、舟で連れてってくれたから。そこではただ、お説教を聞いたり、いろいろ話をするだけ」

たしかに、舟で行ってしまうと、道や方角を見失ったりすることはある。

「話ってどんな話？」

「身の上話とかです」

「おいらにも聞かせてくれよ」

と、椀田は言った。小力のことをいろいろと知りたい。生いたちのことでも、男のことでも。

「嫌ですよ。あたしの身の上なんて、人さまに聞かせるようなものじゃありませんから」

そう言って俯いた。

椀田はなんだかじぃんとしてしまう。

「玉助とは古い知り合いかい？」

「いえ。この一年ほどです」

「置き屋は別だろ？」

「ええ。お座敷でいっしょになったとき、あれこれ話をするうちに親しくなったんです。玉助姐さんも苦労してきたんですよ。あたしと似たような体験もしてるし。だから、いろんなことを相談することができた。まさか、殺されるだなんて……ほんとに殺されたんですか？」

「何もしない女をさかさにして吊るすか？　そんなことは誰も信じねえよ。殺したからああいうこともできるんだ。検死役のうちの同心は、おそらく毒を飲まされたんだろうと言ってたがな」

「毒を……苦しかったでしょうね」

そう言って、たもとを目にあて、すすり泣いた。

これ以上はちょっとかわいそうで訊くことができない。

「さて」

と、椀田は立ち上がった。

「お仕事ですか？」

「ああ、もちろんさ。だが、夜にはまた、ここらに来なくちゃならねえ」

「何かあったんですか？」

「そっちの川に魚のお化けが出やがるんでね」

「まあ、魚のお化け！」

小力の表情が、小魚が飛び跳ねたみたいに輝いた。

二

日が暮れて――。
椀田豪蔵が小力を伴って油堀西横川の川っ縁にやって来ると、宮尾と梅次がすでに来ているのが見えた。たしか、しめは今夜、用があると言っていた。

月は十二日でふくらみかけている。しかも、よく晴れているので、月光が明るく感じられた。

椀田は女づれであるのに照れくささを覚えて一瞬、立ち止まったが、平静をよそおって近づいた。

「お、どうしたんだ？」

椀田の後ろにいる女を見て、宮尾が面白そうに訊いた。

梅次が驚いたように会釈をした。

この前、奉行所に行ったとき顔を合わせているので、二人とも小力のことは知っているのだ。

「ちらっと話したら、ぜひ魚のお化けが見たいというのでな」

「申し訳ありません。あたしって、けっこう物見高いんですよ」

「怖いぞぉ」

と、宮尾が脅した。

「椀田さまがごいっしょですもの」

顔を傾け、椀田の腕にもたれるようにしながら言った。

「ようよう」

宮尾が奇声を上げる。

椀田は嬉しそうに横のほうを向いてにやにやした。

このあたり、人けが少ない。というより、釣りをする者はいなくなっている。昨日の騒ぎで、変なものを見たりした日には祟るなどと言い出した者もいる。これで怖気づいてしまったのだろう。

「じゃあ、小力ちゃんにも釣ってもらうか」

と、宮尾が竿を渡した。

宮尾、梅次、椀田、小力は、一間ずつほどあいだを開け、並んで釣り糸を垂らした。

まもなく、

「おっと」

そう言って、梅次が竿をあげた。五寸（約十五センチ）ほどの魚が、かすかな月の光の下できらきらと輝いた。

「鮒《ふな》ですね」

「こんなとき、ほんとに釣るなよ」

椀田が意地悪を言った。

「すみません」

「面白い。梅次親分ったら」

小力がからかうように言った。お化けを見ようという釣りが、小力のいるおかげでずいぶん華やかになっている。

「あたしも釣れないかな」

「なんだよ」

「手元が暗いわ、椀田さま」

「しょうがねえんだよ」

明かりがあると出ないらしい。

「明かりはあるんだがね。いざというときのため、取ってあるんだ」

と、宮尾が言った。

昨夜、椀田と宮尾で考えて、ろうそくを入れたがんどうをさらに木箱に入れて持ってきてあった。こうしておけば、明かりは外に洩れない。

「ん？」

「あ」

ほとんど四人いっしょに異変を感じた。

釣り糸が引っ張られる。竿がしなる。

「これは魚じゃない」

宮尾が言った。房州《ぼうしゅう》で魚といっしょに育ったような宮尾の言うことである。間違いはないだろう。

「じゃあ、何だ？」

椀田が怒鳴った。

「わからん。早く、明かりを」

梅次が木箱を開け、がんどうを取り出した。

「早く、行ってしまう」

梅次が川面《かわも》に明かりを当てた。

「あっ」

「何だ、これは」

いっせいに息を飲んだ。

なんと、本当に巨大な魚が泳いでいくではないか。二間を上回る大きさだった。

一つずつの鱗《うろこ》の巨大なこと。目玉が水の中からぎょろりとこっちを睨んだ。

皆、愕然となっている。

梅次もあとを追うことも忘れている。

「怖い、椀田さま」

小力が震えながら椀田に摑まってきた。

これがおなごというものだろう。ひびきなら、あれに丸太をぶつけている。

「なあに、あんなもの……」

椀田はぐっと小力の肩を抱き寄せた。

近くの飲み屋に入って、いま見たものの正体を皆で検討し合うことにした。

小力が知っていて、肴もおいしいという小料理屋におさまった。

「いいのか、小力？」

ついてきた小力に椀田は訊いた。

「あら、あたしだけ帰れとおっしゃるんですか？」

「そうじゃねえが、あんたといっしょに飲んだりしたら、いくら取られるかわからねえ」

椀田は本気で言った。

「やぁね、椀田さまとは商売抜きですよ」

隣りに座り、お酌《しゃく》までしてくれる。

「あれは、いったい何だったんだろうな。この世は不思議なことが起きる。それは間違いない。だが、あの魚は本物だったのかね」

宮尾が話の口火を切った。

「おいらは鯉に見えたな」

と、椀田は言った。

「あたしも」

小力がうなずく。

「鯨《くじら》じゃなかったですね」

梅次は肴をつつくのに夢中になりながら言った。

「ありゃあ、やっぱり贋物だ」

宮尾は断言した。

「贋物だというなら、何なんですかい？」

梅次が訊いた。

「鯉のぼりだろうな」

宮尾が言うと、

「それしかねえだろうな」

椀田も賛成した。

「へえ、秋に川を鯉のぼりが泳ぐんですか？」

小力が面白そうに目を瞠《みは》った。

「あれが鯉のぼりなら、誰が何のために、夜、あんなところで鯉を動かしたりするのかだ」

　と、椀田が言った。

「遊びだな」

「なんの遊びだ？」

「鯉のぼりを釣る遊びだよ。上流のほうに、釣り糸を垂らしているやつがいる。餌はミミズなんかじゃねえ。小判なんだ。それにうまく食いつくことができたら、鯉のぼりに入った野郎がもらえるって寸法さ」

「鯉のぼりに人が入ってるのか！」

「そう。おそらく幇間《たいこ》が必死で泳いでるんだ。要は酔狂だ。紀伊国屋《きのくにや》文左衛門《ぶんざえもん》みたいなやつがいるんだよ」

「へえ」

　宮尾は驚き、

「椀田さまって面白いこと、考えるのねえ」

　小力は感心した。

「宮尾、お前は考えたのか？」

「考えたよ。鯉のぼりは網のかわりにもなるよな」

「ああ、なるな。口を開けていて、下は布だから水は出ていくし」

「鯉のぼりですくうと、鯉がよく獲れるんじゃないかな」

「鯉のぼりで鯉が？」

「そう。友釣りってやつ。鮎釣りとかでよくやるだろ。鮎を一匹つけておくと、それに寄ってくる鮎が釣れるって寸法だ。鯉は、あの鯉のぼりを母親かなんかと間違えて寄ってくる。それをすくおうってわけだ」

「宮尾さまのも面白い」

小力が手を叩いて喜んだ。

椀田の顔が、瞬時、むっとした。

「駄目だよ、小力ちゃん。わたしを褒《ほ》めると、椀田が怒るから」

宮尾が小力に言った。

「怒らないわよね、椀田さま」

「ん、ああ」

「さすが悪食の宮尾さま」

小力は手を叩いてまだ褒める。

「え、悪食って、椀田から聞いたのか？」

宮尾は椀田を見た。

椀田がしまったというように顔をしかめた。

「ははあ、さっそく牽制してるのかい？　仲間に対してずいぶんな仕打ちじゃないか」

「そんなんじゃねえよ」

「大丈夫だよ。わたしは小力ちゃんみたいな美人には手を出さないから。どうせ、ゲテモノ好きの悪食だから」

宮尾は椀田の肩を叩いてからかった。

「そんなことより、梅次。お前も何か考えろ」

と、椀田は八つ当たりみたいに言った。

「あっしのは、おふた方のあとじゃいかにもみみっちくて」

「そんなの気にするな」

「ひさしぶりにつづらを開けてみたら、鯉のぼりにカビが生えていたんです。それで、川で泳がすようにして」

「洗濯か、鯉のぼりの？」

椀田が情けなさそうに言った。

「だから、みみっちいって言いましたでしょ」

と、梅次はうなだれる。

「面白いわよ、親分のも」

小力が落胆する梅次を慰《なぐさ》めた。

「ほんと。若親分のがいちばん面白いわよッ」

宮尾が小力の口真似でふざけた。

結局、謎は謎のまま、この日はただの楽しい飲み会で終わってしまったのである。

三

やはり、根岸に相談することにした。

このところ、根岸があまりにも忙しいので、こんな馬鹿馬鹿しい話を持ち込むのは気が引ける。だが、もしかしたら重大な悪事がひそんでいるのかもしれない。

この日は奉行所ではなく、調べもののため駿河台《するがだい》の屋敷にいるという。

宮尾と椀田の二人がそっちに向かった。

玄関口に入ると、屛風《びょうぶ》の前に置き物のように猫がいた。

根岸が可愛がっているうしろうである。このあいだまで、後ろ姿しか見せないことから、根岸がつけた名前だった。

「よう、うしろう」

と、宮尾が呼びかけると、

「みやお」

と、うしろうが答えた。

「お前、ひさしぶりに会ったのに、まだ呼び捨てかい」

宮尾は蹴る真似をした。

根岸は書斎にこもっていた。

本の山である。これらの中に妖怪やら、奇譚やらが詰まっていると思うと、椀田は背筋が寒くなる。

「よう。どうした？」

「じつは、深川の川で変なものを見てしまいましてね。魚のお化けというのはいるんでしょうか？」

「いるという話は多いな。水神ではないのか？」

「ああ、水神ということもありますね」

と、椀田はうなずいた。

飲み屋では笑い話みたいになってしまったが、じつはもっと恐ろしかったりするのかもしれない。

「だが、わしの知っている話は、水神は天女の姿をしているということだったな」

根岸がそう言うと、宮尾は、

「あ、あれですね」

と、うなずいた。

根岸がつづっている『耳袋《みみぶくろ》』に出てくる話である。

この『耳袋』は、本屋が売り出した書物ではない。根岸が長年にわたって渉猟《しょうりょう》した不思議な話をつづった私家版《しかばん》の随筆集である。それを友人に見せたところが、これは面白いとこぞって写本をつくりはじめ、いまでは初めて会う人からも「読みましたよ」などと言われたりする。

このため、あまりに差しさわりのある話を書くわけにはいかず、そっちは秘帖版《ひちょう》としたほうの『耳袋』におさめている。秘帖版は門外不出、書いていることすら隠している。


さて、その話はいまから六、七年前——。

江戸で新しい井戸のつくり方が流行った。それは、伝九郎《でんくろう》という井戸掘りが工夫したものだったが、その男の夢に天女らしき女があらわれた。

「わたしは水神である。近いうちにそなたの家に行くことになるだろう」

そう語った。

それからしばらくして、伝九郎が川に足を入れて夕涼みをしていると、足に何かが触った。引き上げると、これが天女の木像ではないか。しかも、夢に出た天女とそっくりである。

だが、水神というのは竜の姿をしているのではないか。

いぶかしんだ伝九郎は、近所に住む修験者を訪ねて訊いた。

すると、

「それでよいのじゃ。水神というのは本来、天女の姿なのだ」

と言うではないか。

伝九郎はさっそく水神の祠《ほこら》をつくり、朝晩、祈った。

このことから、新しい井戸づくりもうまくいき、商売は繁盛したというのである。


「でも、天女じゃなかったです」

と、椀田が言った。

「何を見たのだ?」

「鯉です。大きな黒い鯉。ただ、本物ではなく、おそらく鯉のぼりかと」

「鯉か。狐が鯉をくれた話もあるぞ」

「ありました」

と、また宮尾がうなずいた。

そっちはやはり根岸が『耳袋』に書いた「狐を助け、鯉を得たこと」という話である。

御番衆《ごばんしゅう》に属する大久保清左衛門《おおくぼせいざえもん》という男が、豊島川《としまがわ》で漁師を雇い、網を打たせていた。ところが期待に反し、朝からはじめて昼になっても一匹も獲れない。

飽きてきて、酒などを飲んでいるときだった。

犬にでも追われたのか、一匹の狐がいきなり舟の中に逃げ込んできたのである。

大久保はこれを喜び、

「魚はもういいや。この狐を縛って、家に持ち帰ろう」

と、言った。

だが、漁師はそれを止めた。

「狐というのは稲を守る神の遣いです。何の咎《とが》もないのをいじめたりするのはよくありません。逃がしてやってください」

何度も頼んだ。

大久保も仕方なく、舟を岸に寄せ、逃がしてやった。

「では、最後にもう一網だけ打って帰りましょう」

そう言って網を打つと、いままで一匹も獲れなかったのに、三年物といえるくらいの見事な鯉がかかったではないか。

「これは凄い。狐の礼に違いない。もう一網いこう」

と、大久保は喜んだ。

だが、漁師は首を横に振り、

「こういう奇貨《きか》を得るようなことがあったときは慾をかかないことです。もう、勘弁してください」

そう言って、網を打とうとはしなかったという。

「なるほど、狐のお礼ですか。だが、誰も狐なんか助けていませんし」

「いつから出たのだ？」

「十日ほど前にはじめて見たそうです」

「毎晩か？」

「それがそうでもなく、出たり、出なかったり」

「鯉のぼりに間違いはないのか？　鯨が江戸湾に迷いこむこともないではないぞ。あるいは山椒魚《さんしょううお》の巨大なやつもいるらしいし」

「一瞬はそれらも疑ったのですが、四人が見て、あれはどう見たって鯉のぼりだったと」

「ならば、そうだろう。二間以上もある魚が、あそこらを泳いでいれば、漁師も見つけるだろうしな」

「たしかに」

椀田はうなずいた。騒ぎはあの一画だけで、たいしたうわさにはなっていない。

「あっはっは。鯉のぼりがほんとに泳いだか」

と、根岸は笑ったが、

「子どもの絵草子のような光景の裏に、物騒な思惑がひそんでいないとは限らぬ。

梅次としめさんに、川の上流をくわしく調べさせてみよ」

四

梅次としめが夕方、堀沿いを歩いている。

「梅次親分は……」

「しめさんまで親分というのはやめてくれないか」

「だって、親分じゃないの。神楽坂の親分の跡目を継いだんだろ？」

「でも、まだ貫録ってものがねえから」

「じゃあ、二人だけのときは梅次さん」

「あいよ」

「お幾つって言ってましたかね」

「十九だよ」

「じゃあ、おかみさんには早いねえ」

「早いかい。おいら、いい人がいたらなあって思うんだけど」

「あら、そうですか。じゃあ、今度見つくろっておきますよ」

「おい、猫の仔をもらうんじゃねえんだぜ」

つるべ落としの秋の夕暮れである。

堀の中から暗くなって、川べりは蝙蝠《こうもり》が飛びまわっている。

どんどん暗くなるにつれ、人けは絶えていく。

「怖いですねえ」

「でも、泳ぐ鯉のぼりがそんな物騒な話になるかね」

「そりゃあ斬ったはったにはならないかもしれませんが、お化けくらいは出ますよ」

「そうだな」

梅次は背中がぞくぞくしてきた。

この前、目撃したときとは反対の岸を歩いている。こっちを歩けば、この先、二方向にわかれたときも、見極めは楽かもしれない。たぶん、鯉はまっすぐ進んだ。こっちだと迂回せずにすむ。

「あれ？」

しめがうわずったような声を上げた。

「何だよ、しめさん」

「いま、鯉がくだったような？」

「え？」

あわてて暗い川をのぞき込んだ。何も見えない。

「ほんとに見たのかい？」

「そういう気がしたんだよ。鯉が下流のほうに、尻尾を頭に川をくだって……うわっ、きゃあ」

しめは騒ぎ出した。あらためてその姿を想像したら、恐怖に駆られたらしい。

尻尾を頭に泳ぐ鯉がいたら、それはたしかに怖い。

「でも、鯉のぼりに川を登らせるとしたら、いったん下流にくだらせるかもしれねえよ。それから上で引っ張るんだ」

「ああ、なるほど」

登ってくるかもしれないので、じっと待った。

あいにく暗くて、はっきりとは見えない。

水音が変わった。何かが遡上してくる。

「来ましたよ、梅次さん」

「ああ」

鯉のぼりがゆらめきながら遡上してきていた。月明かりがある。誰かのいたずらなら、提灯を消して、そっと後をつけたほうがいい。梅次は提灯を吹き消し、身を低くして十間ほどあとをつけた。しめもそれにつづく。

鯉のぼりは二手に分かれるところを、曲がらずにまっすぐ進んだ。向こう岸を歩くと、ここは橋がないので追いかけることができない。だが、こちらの岸はまっすぐあとを追うことができた。

川が分かれたあたりから十間ほどのところに、窓の明かりがあった。

男が窓からぼんやり外を見ていた。

ふいにぎくりとしたのが梅次たちにもわかった。

「なんだ、あれは。凄い！」

男が歓喜の声をあげた。

「夢ではないのか。なんと勇壮な光景なのだ！」

男はいまにも転げ落ちそうなほど窓から身を乗り出している。

「梅次さん。あの隣りの家」

「ああ、あそこにも誰かいるな」

隣りは大きな家である。その二階の窓がすこしだけ開いている。のぞいているのは女である。

女は怯えたり、叫んだりするようすはない。そっと見守っているふうである。遠くてよくは見えないが、かすかに笑った気配がある。

「そうか、これか」

男はそう言うと、しゃがみこんだ。しきりに手を動かしている。

持っているのは筆のようだ。書か、絵。それを書いているらしかった。

女はもう戸を閉めていた。

「梅次親分。なんでしょう、あれは？」

「さあ」

「上流を見なくていいんですか」

「あ、そうだ」

急いで上流に行く。

「あ、あいつらだ」

三人ほどで橋の上から鯉のぼりを引き上げている。

「待て！」

梅次は声をかけた。

だが、急いで引き上げた鯉のぼりをひきずるように、男たちは暗闇の中へ消えて行った。


「いいなあ、これは」

仏像庄右衛門《ぶつぞうしょうえもん》が闇の中で言った。

「そうですか」

「わからぬか、このよさが」

仏像庄右衛門の前にあるのは、象に乗った普賢菩薩の木像である。

「暗くて細かいところがよく見えないので」

むささび双助が首をかしげた。

「双助よ。仏像は最初から細かく価値を見ようなんてしては駄目だ」

「はい」

「ぱっと見るんだ。全体をな」

「全体を」

「いいものはかならず訴えかけてくる。見ろ、この象の愛らしさ」

「たしかに」

「象はゆったりゆったり歩くのだろう。それについて上に乗った御仏も揺れるのさ」

「そうでしょうね」

「そのとき、仏の慈悲が柔らかにまき散らされていく。そのありがたさが目に見えるようじゃないか」

「ははあ」

「細かいところを見るのはそれからだ。明かりを向けてくれ……うむ、材質は白檀《びゃくだん》だ。細工もいい。ほら、こんな小さなところに金が嵌《は》め込まれている。立派な腕だ」

「ええ。そういうことならあっしにもわかるんですが、その全体をぱっと見るというやつがどうにも」

自信なさげな顔をした。

「それは仕方がない。数を見ることさ」

「数ですね」

「いやあ、これほどのものとは思わなかった。いいものを見つけた。不思議よのう」

「何がでしょう？」

「坊主どもの世界など、昔からひどかったはずだ。僧兵なんぞがのさばっていた時代すらある。それでもこうして、仏の世界を現出したような、見事な仏像がつくられたりする。慈悲はあるのかな」

「慈悲ですか」

「双助は感じないか？」

「信心のほうはさっぱりで」

と、頭をかいた。

そのとき、隅のほうで声がした。

「あっはっは、盗人も救われるか」

「げっ」

誰かがいたのだ。ずっとそこにいたのだ。ということは、庄右衛門たちの犯行の一部始終を見られていた。

仏像庄右衛門が懐から短刀を取り出した。

五

梅次としめが、例の川沿いの家に住んでいる者を調べるのは、翌日になった。

まずは、小さな二階家の窓から外を眺めていた男である。

道をはさんで甘味屋があり、梅次としめはそこの縁台で家を眺めた。

まもなく男が出てきた。昨日の男に間違いない。よくよく見るといい男だが、どこか堅気の人間ではない感じがする。

小紋の着物をだらしなく着ているが、やつ口があいている。あれは女物ではないのか。

「ねえ、ちょいと」

と、しめが甘味屋の女将に声をかけた。

「ほら、いま、そこの家から出て行ったあの男。ちっと変わってるよね」

「ああ、あれね。なんでも絵を描く人らしいよ」

「ああ、絵描きか」

「俵屋《たわらや》なんたらとかいったね」

「なんたらじゃわかんないわね」

「浮世絵じゃなく、もっとまっとうな絵なんだと」

女将は鼻でせせら笑うように言った。

「へえ。それで食えるのかねえ」

どうしてもしめの興味はそっちのほうにいく。

「食えるわけないよ。でも、なんつったってほら、隣りの料亭のおいちさんが面倒を見てあげてるから」

客はほかにいないのに、声を低めて言った。

「なるほど。おいちさんというのはどういう人なんだい？」

「亭主運が悪かったね。最初の亭主はいい人だったけど、早くに亡くなっちまった。次のは板前あがりで博打に狂ってね。毎日、大げんかして、最後は金を渡して縁を切ったらしい。もう結婚は懲りたんだろ。いまは二十も年下の若い絵師の面倒を見てるってわけ。大きな店なら店で苦労があるもんだね。うちみたいのは亭主も情けなければ、騒ぎもみみっちいよ」

奥のほうで、亭主らしき咳払いの声がした。


「なるほど、絵描きか」

梅次としめの報告を聞いて、根岸はうなずいた。

椀田と宮尾も調べからもどって来たところだった。

「売れないみたいです」

「そりゃあ、ああいうものは売れるまでが大変だし、売れるのはほんとに一握りで、実力だけでなく、運もなくちゃならぬ」

「だから、夜中に鯉を見て、狂喜乱舞するようにもなるんでしょうか」

しめが不思議そうに言った。

「狂ったわけじゃないだろう」

「そうでしょうかね」

「絵描きとな……わかった」

根岸は膝を叩いた。

「えっ」

梅次としめは顔を見合わせた。

二人の仲は探ったが、なんで鯉のぼりを泳がせたりしたのかについてはまったく見当がつかなかった。

おそらく仕掛けたのは料亭のおいちで、店の者が手伝ったに違いないのだが。

「たしか、天長寺で襖絵を描く者を公募していたのではないか？」

「天長寺？」

「ほれ、深川のずうと奥、五本松の近くにある寺さ。そなたも、いい仏像があるらしく警戒が必要だと報告しておったぞ」

宮尾としめが、気味の悪い寺社方の武士と出会った寺でもある。

「あ、あの寺ですね。そういえば……」

と、宮尾がぽんと手を打った。

根岸の言う通りだった。

たしかに、門前にそのような貼り紙があったのを思い出した。

「それに出そうとしているのではないのか？」

「ですが、あれは鯉の絵ではなく竜を描くというものだったのでは？」

「鯉は竜になるぞ」

「え？　あっ、登竜門の話ですね」

宮尾が言うと、椀田と梅次は納得がいったような顔をした。しめはなんのことやら、まだわからないらしい。

「黄河《こうが》上流にある竜門山《りゅうもんざん》からの急流を登りきった鯉は、竜になるという伝説がある。それを描かせたいか、あるいは描くつもりなのだろうな。その光景を見ることで、創作の意欲をかきたててやろうという魂胆だったのではないかな」

「ああ、なるほど」

しめはようやく合点がいったらしい。

「うまく描けたら、さぞかし壮大な襖絵になるだろう。鯉が激流をさかのぼっている。その同じ画面に天に昇る竜が描かれるのだ」

「たしかに」

「これでその絵師が描くことになれば、女将の献身ぶりも襖絵の素晴らしさといっしょに語られる伝説になるのだろうがな。さて、選ばれるかどうか、なにせああいう世界には我々にはわからぬ厳しさがあるだろうから」

「まだ、確かめていませんが、どういたしましょう？」

と、梅次が訊いた。

「罪咎《つみとが》とは無縁なことゆえ、おどかすような口ぶりではなく、確かめてみればよいだろうな」

「わかりました」

と、そのとき――。

表の奉行所のほうから、同心が慌てて駆け込んできた。

「お奉行、やられました」

「なに？」

「昨夜ですが、仏像庄右衛門が動きました」

「どこだ？」

「深川の天長寺です」

一同、啞然となった。たったいままで話題にしていた寺ではないか。

天長寺の本堂で寝ていた男は、自ら「俊海《しゅんかい》」と名乗った。「わしを殺すなどいつだってできる。それより面白そうだ。わしを連れていけ」そう申し出たのだった。

その俊海は、庄右衛門たちの隠れ家になっている船に乗っている。

酒を飲んでいる。

生臭坊主はめずらしくない。

だが、このふてぶてしさ、庄右衛門にはただの生臭坊主とは思えない。

「庄右衛門はいい目をしている。天長寺のその普賢菩薩に目をつけるとは」

俊海は、盗んできたばかりの仏像を指差して言った。

「仏像を見る目では、わしに並ぶ者はこの世におるまい」

庄右衛門は豪語した。

「これと比肩《ひけん》するのが近ごろ、麻布の寺に入った」

と、俊海は言った。

「金翔寺か」

「知っていたか」

「下見もすませた」

庄右衛門は、あのときの異様な光景を思い出した。そして、この俊海をじろりと見た。

「だが、金翔寺はやめたほうがいいな」

と、俊海は言った。

「なぜだ？」

「そなたには鬼門になる。しくじって捕まる」

俊海は遠くを見るような目をした。

「助け出してくれた双助には悪いが、わしが捕まるのは覚悟している。こいつらだけ逃げてくれたらいい」

「ほう。あんた、覚悟してるのか？」

「そりゃあそうさ。盗人なんざ、所詮、逃げおおせることなんかできねえ。ましてや、いまの奉行には根岸肥前《ひぜん》がいる」

「赤鬼か」

坊主のくせにその綽名を知っていた。

「そう。あいつにはもうひとつ、大耳という綽名もある。ふつうはそっちの綽名のほうが知られている。そこらじゅうの声を聞き取ることからついた綽名さ。だから、あいつに睨まれると、徐々に追い詰められる。長くてあと三年。運が悪けりゃひと月後には牢にもどる」

「いい心がけだな」

「まあ、墓探しもかねてのことさ」

「墓？　誰の墓だ？」

「わしのだよ」

「なんだ、そこまでの覚悟があるくせに、墓など欲しいのか」

「生きた証としてな」

「馬鹿」

　と、俊海は明らかにあざ笑った。

「なに」

「墓などすぐに消える」

「石だぞ」

「石だって消える。すぐに苔が生え、字は読めなくなり、風雨にさらされて丸くなる。そのうち、河岸の土手に並べられるのが関の山だ」

「無駄だというのか」

「無駄だ」

「では、なぜ、皆、墓を建てる」

「石屋が儲かり、坊主が布施をもらえるからに決まっているだろうが」

「何が無駄でない？」

「ぜんぶ無駄だ。坊主のすることなど、どれもこれもしなくていいことだ」

俊海は坊主のくせにそう言った。

「葬式は？」

「あんなくだらぬものはない」

「骨を拝めばいいのか？」

「人のカスみたいなものだ。拝んでもしょうがない」

「経は？」

「自分で生きているうちに読め。生き残った自分のために読め。死んだ者に坊主が読んでやる意味はない」

きっぱりと言った。

「そなた、面白いな」

「面白いだろう。真実を知ることは面白いのだ」

そう言って、俊海は盗んできたばかりの仏像を手に取り、くるりと回した。

それを慈しむように撫《な》ではじめる。

庄右衛門はそれを咎めず、そのようすをじっと見ている。

「御坊」

「ん？」

「なぜ仏をさかさにする？」

と、庄右衛門は訊いた。

俊海は仏像をさかさにして撫でていた。その異様なさまは、この前、忍び込んだ麻布の金翔寺でも見ている。吊り下げられた仏の目つきは恐ろしい気がした。

「そんなに変なことか？」

俊海はにやりと笑った。

「どこの世に仏をさかさにして拝む坊主がいる。麻布の金翔寺でも見たが、あれもそなたのしわざだろう？」

「ほう。あれを見たか？」

「ああ」

「さよう。あれもわしのしたことさ。わしは乞われれば、どこにでも行って、さかさ仏の説法をする。それを聞く者は心に染みとおると言うぞ。いままでの説法は何だったのだと思うらしい」

「罰が当たりそうだがな」

「それに、わしだけではないぞ。こうして仏をさかさにして拝む者はすこしずつ増えているのだ」

「まことか？」

本当にそうであるなら、庄右衛門はすこし空恐ろしい気がした。

「そなたもさかさの目で世の中を見てみるといい。まるで違ってくるぞ」

そう言った俊海の目は真剣であり、しかも慈愛のようなものまで感じさせた。

六

鯉のぼりのほうは、梅次が事実を確かめた。

椀田が行けば、相手も怯《おび》えるだろうというので、梅次だけで訪ねた。

女将《おかみ》のおいちは四十半ばと聞いていたが、五つ六つは若く見える。いかにも気風《きっぷ》のよさそうな、深川の料亭の女あるじだった。

「……鯉のぼりが泳ぐわけはそういうことじゃねえかと見たのさ」

「まあ、よくおわかりに」

「当たってたかい」

「はい。世間を騒がせたりしないように、そおっとやっていたつもりなんですが」

「うん。その心くばりはいいやな」

「宗順《そうじゅん》さんも触発されましてね」

俵屋なんたらではなく、宗順という名前らしい。

「でも、釣りをする人の針を引っかけちゃいましたか」

迷惑といえば、それが世間にかけた迷惑だろう。

「ま、そんなことは大物をばらしたと思えばいいこってな」

と、梅次は鷹揚《おうよう》に笑った。

「やはり叱られるんでしょうか？　奉行所に行かなくちゃいけませんか？」

さすがに恐々《こわごわ》と訊いた。

「お咎めなんかあるわけねえよ」

「よかった。ありがとうございます」

「ところで、襖絵のほうはどうなったんだい？」

「ええ。なんでも天長寺から立派な仏像が盗まれたんですってね。襖絵の描きかえどころではないと、中止になってしまいましたよ」

「やっぱりな」

もとはといえば、襖絵のことで寺内がなんとなく浮き足立ち、ばたばたとしていたのも盗人に入られた原因だったのではないか。

「じゃあ、そういうことさ」

何かをたもとに入れようとする手をそっと払って、梅次は外に出た。神楽坂のごたごたならともかく、根岸の御用でそんなものを受け取るわけにはいかない。

一町（約百九メートル）ほど来たところで、梅次は俵屋宗順とすれ違った。友だちらしい男と、笑いながら歩いて来るところだった。

もっとがっかりしているのかと思ったら、意外に元気そうである。

——もしかしたら……。

と、梅次は思った。中止になって、案外ほっとしているのかもしれない。重い期待を背負って、それが落選したときの落胆を想像したら、応募などしないほうがよかったのではないか。

——まったく、どの道もたいへんだ。

梅次は近ごろ、十手の重さをひしひしと感じている。


評定所における定例の会議の席だった。

みな、昨日、ほうぼうで売られたという五種類の瓦版を目にしていた。

いちばん目立っているのは、大きな耳の男の頭と肩に足を載せ、見得を切っている仏像を描いたものである。

ほかのも男と仏像の取り合わせで描かれているが、これは毒々しい芝居絵のような図柄でとにかく目を引いた。

絵だけでなく、惹句《じゃっく》も目立った。

「大耳奉行、仏像に降参か」

と、あった。

文を読むと、深川の天長寺に仏像庄右衛門が押し入り、秘仏の象に乗った普賢菩薩を盗んで行ったことが記されている。

しかも、仏像庄右衛門はこのあいだ小伝馬町の牢屋敷を抜け出たばかりで、早々にこんな盗みに手を下している。

これを読めば、誰でも、町奉行所はいったい何をしているのだと思うに違いない。名奉行と評判の根岸肥前守はいいように盗人から嘲笑されているではないかと。

事実、会議が始まると早々に、若年寄から、

「根岸、小田切《おだぎり》。町奉行所では何をしている?」

と、訊かれた。

「は。全力を挙げて、あとを追っています」

北町奉行の小田切土佐守《とさのかみ》が先に答えた。

「ああいうのは、あとを追っても無駄だ。先んじなければならないのだ。庄右衛門が狙いそうな寺の目星はついたのか?」

「いえ」

小田切も根岸も、首を横に振った。

「なあに、わしはまもなく根岸どのが捕まえると信じている」

そう言ったのは寺社奉行の阿部播磨守《あべはりまのかみ》である。

俗に町奉行、勘定奉行、寺社奉行は三奉行と呼ばれる。このうち町奉行と勘定奉行は旗本から抜擢されるが、寺社奉行だけは大名がなる。

阿部播磨守は、武州忍《おし》藩の藩主である。

寺社奉行は勘定奉行と同様に一人だけがなるのではない。いまは四人いるうちの一人が阿部播磨守で、まだ四十をいくつか越えたくらいの若さだった。

「恐れ入ります」

「庄右衛門だって根岸どののことを怖がっているのは間違いないのだ。町人たちも、根岸どのに期待しているから、こうしたものを書くのだ。瓦版ごとき、気にすることはないぞ」

根岸のほうだけ名をあげた。

わきで小田切土佐守が鼻白《はなじろ》んでいる気配が伝わってくる。

「頼んだぞ、根岸。正直、寺社方でなんとかと思っても、泳いでいるのは町の中。内心、忸怩《じくじ》たるものはあるが、ここは町方に頭を下げなければどうしようもない」

じっさいに阿部播磨守は軽く頭を下げた。

「むろん、全力を尽くします。ただ、寺の住職のほうにも、われら町方の者が入り込むことを嫌がるむきがございまして」

と、根岸は答えた。

「それだ。この件については寺社方から通達を出す。仏像庄右衛門の探索および捕縛に関しては、頻繁な町方の出入りを許可するとな」

寺社奉行のほかの三人もうなずいた。

「そのお墨付きさえいただければ、われらも仕事がやりやすくなります」

「うむ」

「もう一つ」

「なんだ？」

「そのお墨付きは寺社方の内部にも」

「なぜだ？」

「寺社方の小検使《しょうけんし》たちにも町方への反発が出ているらしくて」

「わかった。それも徹底しよう」

「ありがとうございます。われらも、なんとしても捕縛いたしましょう」

根岸はきっぱりと言った。

第三章　新妻と幽霊

一

「水をたんと。柚子《ゆず》をしぼって」

孫の篤五郎《あつごろう》がおかしなことを言った。

根岸《ねぎし》は枕元で首をひねった。意味がわからない。

変な夢でも見て、うなされているのだろう。

篤五郎は蒲柳《ほりゆう》の質《しつ》である。しょっちゅう熱を出したり、ぜん息《そく》が出たりする。
二、三日前に人ごみに出たそうだから、おおかたそこで風邪をもらってきたのだろう。
昨晩がひどい熱で、いまはだいぶ下がったというが、それでも額に手を当てれば、やはり熱がある。

篤五郎の目が開いた。大きくて、澄んだ目である。細い目の根岸には似ていない。

「おじいさま」

「起きたか」

「うん」

「夢を見ていたか？」

「見てた。おばあさまのね」

「おたかの夢を？」

一瞬、混乱して、歳を勘定した。篤五郎は八つ（数え歳）である。おたかは昨年が七回忌だった。

おたかと篤五郎は、直接には会っていない。

「何か言っておったか」

「ううん。とくには。ただ、にこにこ笑っていたよ」

「そうか。それは篤五郎のやまいがまもなく治るということだ」

「うん」

篤五郎は嬉しそうにうなずいた。

「ところで、おたかはどんな顔をしていた？」

「ちょっと目元が下がって、やさしそうな顔だったよ」

「うむ」

じっさいそうだった。器量ということではけっして美人ではなかった。ただ、表情がいつもやさしげで、いきいきしていた。それは、疲れて帰った根岸にとって、大きな安らぎとなっていた。

だが、そういう顔はおたか一人ではないだろう。

「それと、ここに笑窪《えくぼ》があったよ」

「そうか」

やはり、おたかだった。年寄りなのに笑窪なんかできて恥ずかしいとも言っていたものである。

――そうか。おたかの言葉だったか。

そういえば、根岸がまれに風邪をひいたときなど、同じことを言っていた気がする。もっとも根岸の場合は、風邪など十年に一度ひくかひかないかというくらいだったが。

孫のふとんを首までかきあげてやり、根岸は言った。

「もうひと寝入りしろ。それと、柚子をしぼったやつの入った水を持ってこさせる。それをたんと飲むのだぞ」

根岸の駿河台の屋敷に、勘定奉行の石川忠房《いしかわただふさ》が訪ねてきた。

昨日の評定のあと、ここで会うことを約束した。この約束のため、屋敷に来たら、篤五郎が寝込んでいたというわけである。

石川とは、評定所でしょっちゅう顔を合わせている。

それが、とくに相談があるので、駿河台のほうを訪ねたいと言ってきたのである。当然、私事における話だろう。

書斎の隣りにある部屋へ通した。内密の話はここでしたりする。

宮尾玄四郎《みやおげんしろう》が茶を運んでくる。石川とは顔見知りである。

「お忙しいのは重々承知で、相談ごとですが、根岸さま以外に思い当たらず、お願いしてしまいました」

と、石川が頭を下げた。

同格というより、石川は代々の旗本だから成り上がりの根岸より格上といってもいい。だが、根岸より十歳以上若く、しかも根岸のことをだいぶ高く買ってくれているようで、言葉遣いも丁寧である。

「石川どのはお顔も広いのに」

たしか和歌にも通じ、そちらの交友も豊かだったはずである。

「いや、たしかに相談できる友はほかにも大勢います。だが、この件に関しては解決まで期待できるのは根岸さましかおられませぬ」

「それは、ずいぶん買いかぶってくれたものですな」

根岸は苦笑し、

「内密の話だ。下がってくれ」

と、宮尾を見た。

「はい」

宮尾が下がろうとすると、

「いや、よいのだ」

石川は止めた。

「どうせ、根岸さまが直接に動けるわけがないのです。宮尾にも手伝ってもらうことになるでしょう？」

「それは、まあ」

「だったら、直《じか》に聞いてもらったほうがいいでしょう」

「わかった」

宮尾にはそこにいるようにとうなずいた。

「娘の話です」

「芳乃《よしの》どのか」

「はい」

石川が目に入れても痛くないくらい可愛がっていた娘である。本当のところは、嫁に出さずにずっと手元に置きたいなどと言っていた。

だが、縁あって嫁ぐことになったのは、ついひと月ほど前だったはずである。多忙が重なり、祝言の席には行けなかったが、祝いの品は届けてあった。

根岸も何度か会ったことがある。

少しひよわな感じはしたが、笑顔の愛らしい娘だった。

あの娘に何かあれば、それはさぞかし心配であろう。

「何が起きた？」

根岸が問うと、石川は心配を通り越したような苦しげな表情をして言った。

「嫁に行った先で幽霊が出ました。それも一度や二度ではありません」

二

石川忠房が帰ったあと、

「御前。あの話とよく似ていますね」

と、宮尾が言った。

「あの話？」

「御前がお書きになっています」

「はて？」

度忘れである。

というより、なにせ数が多い。回覧を許している『耳袋』のほかにも宮尾も知らない秘帖版がある。すでに千編は越えているだろう。

「そっくりです」

宮尾はそう言って、書斎のほうの襖を開け、こちらにも一揃え置いてある『耳袋』を取ってこようとした。書斎にはいつの間にかうしろうが来ていて、その『耳袋』の上にちょこんと座っている。

「どけ、うしろう」

追い払おうとしたら、

「みやお」

と、短く言った。

宮尾はぱらぱらとめくると、

「これです」

それは、「久野《くの》家の妻・死怪のこと」と題して載せた話である。

もう二十年ほど前のことになるか――。

知人であった久野という男の話である。

この久野が出かけていて、妻が一人で寝室にいたときがあった。

月が明るい晩で、障子は白く照らされていた。

さわさわと、髪が障子に当たる音がして気がついた。

障子に怪しい影が映っていた。

「何者ですか？」

と、妻は問うた。

答えはない。

異様だが、恐ろしげな感じはしない。

妻は障子を開けた。

すると、一人の女が、廊下の縁から庭へと逃げようとしているではないか。矢絣《やがすり》の着物で、女中のようだが、見覚えはない。

妻は勇敢にもこの女を追い、すぐに髪の毛を摑んで、

「誰なの？」

と、訊いた。

「ゆかですよ」

と、答えた。

同時に、姿がかき消えた。妻の手に摑んだほうの髪の毛が残っていた。

やがて、夫がもどって来た。

「お前さま。わたしが嫁いでくる前に召使いの妾がおりましたでしょう？」

「そんなことはない」

若い妻の問いにしらばくれてそう答えた。

「嘘をおっしゃい。ゆかという名の女ですよ」

妻は名を出した。

「ど、どうしてそれを」

「さきほど、こんなことがあったのです……」

一部始終を語った。

「これがその髪です」

黒々とした髪が、三方《さんぼう》に載っている。

妖《あや》かしの髪とは思えぬほど、やけに艶々《つやつや》としている。濡れているのかと見えるほどである。このまま置いておくと、まだまだ伸びたりするのではないか。

がっくり肩を落とした夫に、妻は言ったのだった。

「ねんごろに弔《とむら》ってあげるべきでしょうね」

「うむ、思い出した。そうだったな」

と、根岸はうなずいた。いくつか似た話があって混乱したらしい。

だが、すぐにその後の顚末《てんまつ》まで思い出した。

「あれも変な話ですよね」

と、宮尾は言った。

「そう思うか」

「はい。そもそも、その妾というのはなぜ死んだのか。幽霊になって出なければならないわけでもあったのか。そこらあたりは当然、気になります。御前が気になさらないわけはありません。ということは、たぶん差しさわりがあって、お書きになれなかったことがあるのだろうと思いました」

宮尾の言葉に、根岸はにやりとした。

じつは書いている。むろん、秘帖版のほうにである。

この久野という男は、酒を飲みすぎたり、肥りすぎたりして、あまり長生きできずに亡くなっていた。まだ四十にもなっていなかったはずである。

その葬儀のとき、根岸はかつて久野から直にこんな話を聞いていたのだが……と、未亡人に切り出した。

宮尾が感じたような疑問を、根岸もまた抱いていたからである。

未亡人が悲しみに打ちひしがれていたりしたら、根岸も聞けなかっただろう。だが、すでに覚悟があったのか、あるいは夫への情愛も冷え切っていたのか、さばさばしたようすだった。

「久野はどのように申しておりましたでしょう？」

と、未亡人が訊いた。

「はい。このような話でした……」

根岸は『耳袋』に記した話を語った。

「ええ。そうしたことはございました」

「だが、わたしはこの話はおかしいと思いました」

「何がでしょう？」

「久野は大事なことを伏せています。それは、妾がなぜ、幽霊になってあなたの前に出なければならないのか。じっさいには何があったのでしょう？」

「何がとは？」

「ゆかの幽霊はもちろんお芝居だった」

「まあ」

「髪の毛だけは人のものだから本物。奥方は幽霊などはご覧になっていない」

「おそらくほかのお女中にでもお聞きになった話なのでしょう」

「はい」

未亡人は隠す気も失せたらしく、素直に認めた。

「ゆかという妾はどうなさったのです？」

「うちの人に酷い目に遭わされ、大川に飛び込んだことになっていました」

「なっていた？」

「はい。じっさいには助け上げられ、事情を知った人がそのまま、ゆかを実家へと帰していました」

「そうだったので」

「この人は懲りていない。また、同じようなことをしでかすだろう。そう思ったわたしが、女中と相談して打った芝居でした」

「やはり。そういうことだろうとは思っていました」

「でも、ああいう人は懲りませんね。やはり、何度となく繰り返し、いまに至るまでそのことでは悩まされつづけました。もう、妾のことで悩まなくて済むと思うと、ほっとした気持ちです」

と、未亡人は言ったものだった。

「……」

だが、このことについて、根岸は宮尾に語らなかった。

久野は死んだが、家はつづいている。未亡人も存命である。いまさら、余計なことを明らかにしても意味はない。

「さて、今回はどうするかだ」

と、根岸は言った。

「わたしか誰かがその家に入る手立てがいると思います」

石川の娘の嫁ぎ先は千八百石の旗本である。「ちと、訊きたいことがあって……」と、軽々に訪ねるわけにはいかない。

「そうよのう」

根岸は腕組みした。

「気晴らしでもしながら考えるか」

三

「〈ちくりん〉へ行こう」

と、根岸は立ち上がった。

「うむ。力丸《りきまる》にな、小力《こりき》を連れてきてくれた礼も言っていないし」

「はい」

宮尾は慌てて準備にかかった。

――御前にしては、ちょっと言い訳じみていた……。あれだけ忙しく働いていたら、気晴らしを欲するのも当然だろう。

と思ったが、もちろんそんなことは言わない。

駿河台から舟で行くことにした。

いちばん近いのは、神田川の佐久間河岸《さくまがし》である。中間に提灯《ちょうちん》を持たせてそこまで歩き、猪牙舟を拾った。中間は屋敷に帰して、乗ったのは根岸と宮尾だけである。

神田川から大川に出る。

大川は上げ潮どきらしく、ゆっくりと下った。

上げ潮と大川の流れがぶつかり合うところでは、舟が大きく揺れる。泳ぎが得意な宮尾はどうということはない。舟がひっくり返っても、溺れた者を助けながら岸までたどり着く自信がある。

ところが、根岸も顔色一つ変えずに乗っているのだ。泳ぎが達者とは聞いたことがない。もっとも根岸のことである。「じつは船頭を半年ほど……」と打ち明け話をはじめても不思議ではないと、宮尾は思った。

「油堀を入ってくれ」

宮尾が船頭に言った。

「へい」

船頭は深川の堀に近づくと、低く木遣《きや》りを唄い出した。

ええ、ええ乗ったあ、よういいと
ええよん、ええよん、いいええ
ええ、乗ったる木を、引いてくれ
ええ、引けやえ、ええ

客を楽しませてやろうという心づもりなのか。あるいは、さっき「深川まで」と告げたとき嬉しそうな顔をしたので、こっちが地元なのかもしれない。

曲がってすぐのところだった。岸の上の暗がりに男と女がいた。

大きな男に、すっきりした着物姿の女。二人のあいだは半間《はんげん》ほど。

宮尾はちらりと見て、

――まずい。

と、思った。椀田《わんだ》豪蔵《ごうぞう》と芸者の小力だった。

声が聞こえた。

「本気なんですか?」

「本気だとも」

舟はそのまますうっと前を通り過ぎた。

十間ほど離れてから、

「いまのは、椀田だったな」

と、根岸は言った。

宮尾は見逃してくれればと期待したが、根岸が見逃すわけがない。

「あ、そうみたいでしたね」

「ふうむ。椀田はあの芸者に惚れたのか」

「さあ、どうでしょう」

宮尾はとぼけた。

根岸はそのまま何も言わない。

根岸に正直なことを言わないのは後ろめたいが、椀田との約束もある。誰にも言わないでくれと頼まれた。

宮尾が椀田に尋ねたのは、昨日のことである。

「おぬし、本気であの女に惚れたのか?」

このところ、しばしばいっしょにいるのを見かけた。鯉のぼりの騒ぎのときも、酒場ではずいぶん親しげにしていた。もちろん、殺しの調べも関わっているのだろうが、あまりに頻度が多い。

しかも、一人でいるときの椀田はめずらしく物思いにふけっているようだったので、まさかとは思いつつ訊いたのである。

「ああ、惚れた」

椀田はぶっきらぼうに答えた。

——あの女は駄目だ。

宮尾はそう思った。

小力について何か知っているわけではない。これは勘である。そこらの男よりはかなりたくさんの女と付き合ってきた。しかも、女全般について一生懸命見つめ、考えてきた。そうした経験からきたものである。

根が悪い女かどうか、それはわからない。根岸がつねづね言っているように、善と悪との境目はきわめてあやふやで、人はどっちにも転ぶ。それは何度も痛感してきた。

あの女はたぶん、自分でもどうしようもできない何かを抱えている。

それが、根はうぶで生真面目な椀田を悩ませ、翻弄するのではないか。

椀田は宮尾と違って、女と遊べない。本気になってしまう。

本当なら町方の同心というのはもてるのである。八丁堀の中でも声がかかるし、大店のあるじあたりも「ぜひ、うちの娘を」と言ってきたりする。椀田がいままで独りでいたのは、おのれの好みを頑《かたく》なに守ってきたからなのだ。

どうやら好みの女とついにめぐり会ったらしい。それが芸者の小力……。

「あの女はたいへんだぞ」

と、宮尾は思わず言った。

「そりゃあ承知のうえさ」

椀田は妙に決然とした表情で言った。

「おぬし、わたしよりも悪食だ」

宮尾は正直、おっ魂《たまげ》消たものである。

舟は静かに、油堀河岸の柳の木の下につけられた。

〈ちくりん〉ではのんびりくつろぎながら、宮尾を横山左近の屋敷に入れる算段をしようと思ったが、力丸の都合がついて駆けつけてくれた。

忙しい力丸が急に都合がつくなど滅多にないことである。

「この前はすまなかった。あんたに小力を迎えに行ってもらって」

「いいえ。あんなこと、お安い御用でしたよ」

力丸はそう言ったが、豪商の白銀屋を相手に交渉してくるなどということは、並の女にできることではない。

「ここのおやじに伝言して行こうと思っていたが、直接、会えてよかった」

「あたしも嬉しくて」

やさしいことを言ってくれる。

「ま、一献《いっこん》」

根岸は銚子を向ける。

船宿の二階、差し向かい。障子を閉めても、下の堀を行く舟の櫓《ろ》の音が、ぎいぎいとちょっと野暮な虫の音のように聞こえてくる。

「何かありましたか？」

力丸が訊いた。

「うむ。幽霊がな」

「まあ、幽霊が」

前の話、『耳袋』に書いたほうをざっと話した。今度の話はどうなるかわからないので、力丸の口の堅さは知っていても話すわけにはいかない。

「浮気に釘を刺したわけですね」

「あまり効き目はなかったらしい」

「浮気心はやみませんね」

「そうかな」

「男と女の恋は、どれほど長くつづくのでしょうか」

力丸はそう言って、小さくため息をついた。

「人にもよるさ」

「ひいさまは短かそう」

「おい、わしは浮気心は乏しいぞ」

事実、根岸という男は、次々と女に惚れた若いころはともかく、浮気心のほうは意外なくらい欠けている。盟友である五郎蔵《ごろぞう》によく「こいつは清純組でさ」と、からかわれるが、そんな上品な訳がない。根岸の返答はいつもこうだった。「深く。全身全霊でな」と。

「それより、椀田が小力にご執心《しゅうしん》らしいな」

根岸がそう言うと、力丸は目を瞠った。

「それ、本当ですか、ひいさま？」

「なんだ、知らなかったのか？」

「あれからずっと小力ちゃんはお座敷を休んでいたので」

「そうだったか」

「小力ちゃんと……」

力丸は眉をひそめた。

「どうかしたか？」

「そりゃあ芸者としての魅力でいえば、いまや深川、いえこの江戸全部を見渡してもぴか一と言えるかもしれません」

「……」

この前も、力丸はそう言った。だが、根岸はやはり、力丸のほうがはるかに上だと思う。いまは小力に勢いがあるということだろう。

「相手に本気になるというのは、お伝えしたかもしれませんＬ」

「うむ」

「そのかわり、あの子は移ろうのです。しばらくすると、別の男に夢中になっています。去られた男は小力ちゃんのことが忘れられません。加賀町《かがちょう》の西州屋《さいしゅうや》の旦那は、それで身代を失い、大川に身を投げました」

「それでか」

そういえば、そんなうわさを聞いた気がする。

「絵師の北翁《ほくおう》さんは、小力ちゃんの絵以外に描く気はなくなり、芸者小力の連作を五十枚ほど描いたあと、毒を飲みました」

「なんと」

「この半年ほどのあいだに、二人の男が小力ちゃんに翻弄《ほんろう》され、命まで失っているのです。もちろん小力ちゃんは傷つきました。根はやさしい子ですからね。二人目のときは、あたしは人殺しだと、うちに来て、一晩、泣き明かしたこともありました。そのことは、椀田さまに教えてあげてもよろしいのでは？」

と、力丸は心配そうに言った。

「椀田はおそらく知っているのさ」

「まあ」

「探し出すまでにいろいろと訊き回ってるんだ。そんなうわさは当然、耳に入っている」

「それでも？」

「男はみな、心の清い、けなげで、誠実な女に惚れるわけではないぞ。むしろ、その反対の女に心を囚われたりする。何なんだろうな。じゃじゃ馬だから馴《な》らしてみたいのか。捕まえにくいから追いかけたくなるのか。自分の手で清く、律義な女にしてやりたいとでも思うのか」

「それは女にもありますよ。しっかりした女が、どうしようもない駄目な男に惚れたりすることは」

「そうよな。だから、力丸、椀田はもう、止まらぬ」

「傷つきますよ」

力丸はすこし咎《とが》める口調で言った。

「傷もつかぬ人生の何が面白い」

はね返すように根岸が言った。

「なんてことでしょう」

力丸はため息をついた。

「椀田は恋に落ちてしまったのさ」

根岸はむしろ、遠い景色でも見るような顔をしている。

四

「わしが行く」

「御前が」

「直接、訊かないとわからないこともあろう」

と、根岸は石川忠房の娘の嫁ぎ先である御書院番《ごしょいんばん》横山左近《よこやまさこん》の屋敷を訪ねることにした。

場所は芝の愛宕下《あたごした》である。大名屋敷が立ち並ぶため、大名小路と呼ばれる通りがある。ここから薬師小路という通りをすこし入ったところである。

その入り口にあるのが、陸奥《むつ》一関藩《いちのせきはん》の上屋敷で、ここはかつて浅野《あさの》内匠頭《たくみのかみ》が切腹をしたところとして知られる。その場所に目印として置いた大きな石が鳴動する騒ぎは、すでに『奇石鳴動のこと』として、『耳袋』に記した。

根岸によれば、

「このあたりは表沙汰にはなっていないが、じつは奇譚が多い」

とのことである。たしかに、愛宕山の影が黒々と空に広がり、なにやら妖異めいた雰囲気が漂っていた。

さて、横山左近の屋敷だが、千八百石をいただき、敷地はざっと千坪を超える広さである。

根岸の突然の訪問に若い奥方は驚いた。

「まあ、根岸さま」

「祝言のときに来るはずだったのだが、来ることができずすまなかったな」

「いいえ」

「けしからぬ幽霊のことはお父上から聞いたぞ」

「はい」

芳乃はすでに震え出している。

本気で怖がっている。

こんな娘に、かつて久野の未亡人がやったような芝居が打てるわけがない。

娘には家から二人の女中をつけた。その二人は前からの女中とも親しくなっている。

そういう意地の悪いことをする女中もいないはずだという。

では、本物の幽霊なのか。

出る場所もこの母屋ではない。寝室の向こう側につくられた茶室に出る。

にじり口はこっちに向いている。ほかに出入りはできない。

誰がそれをやらせているのか。

嫁を憎む者というと――。

「姑はおられぬのか？」

「はい。わたしが嫁に入る前に亡くなられておりました」

「では、舅は？」

「病で臥せっていて、このところ人と会える状態ではありません」

「ふうむ」

ぜひともようすを訊きたいところだが、寝ているのを起こすわけにもいかない。

あとは、この家の用人だろう。

「用人はこの件について何か言っているか？」

「川島忠兵衛《かわしまちゅうべえ》といいますが、それはもう心配してくれています」

「そうか」

「ご挨拶させましょう」

すぐに呼んだ。

川島忠兵衛はいかにも頑固そうな年寄りである。しかも、

「なんと、根岸肥前守《ひぜんのかみ》さま。あの『耳袋』、写本をつくって愛読させていただいておりました」

「そうであったか」

と嬉しそうにいうではないか。

「当家の話と似たような話がございましたでしょう」

「うむ」

「あれを読んでいたので、根岸さまにご相談できたらと思っていて、なんとか芳乃さまのお父上のほうからお願いしてもらえぬかと。いやあ、それがまさか、根岸さまのほうからおいでいただけるとは」

すっかり感激している。

「ついては、四、五日ほどでいいと思うのだが、二人ほど庭師の見習いと台所の手

伝いとして屋敷に入れてもらうわけにはいかぬか？」

「もちろん、こちらからお願いしたいくらいです」

「むろん、この話は芳乃どのと川島どのだけで、あとはいっさい内密にな」

これで準備は整った。

さて、帰ろうとしたとき、門のところでちょうどもどって来たあるじの横山左近と鉢合わせした。

この若い当主を見た途端、根岸は、

〈くりくりっ〉

という擬音を思い浮かべた。

顔かたちがまさにそうなのである。目が丸く、くりくりっとしている。輝きは少年の目のようである。額がこんもり突き出ていて、そこらもくりくりっという擬音を思わせるのだろう。童顔で、表情にも他人をたじろがせたり、警戒させたりといったものはまるで見当たらない。

以前、石川忠房が、「好人物だが、ちと頼りなくて」と言っていたのを思い出した。

「お前さま、こちらは根岸肥前守さま」

「これはこれは。こんなところで、さあ、中に」

「いや、ちょっと立ち寄っただけで、すぐに会議に出なければなりませぬ」

「そうですか」

あるじは新妻の芳乃を見た。

情愛のこもったまなざしである。

嫁にいただきたいと、とくに懇願されたというのもわかるくらいだった。


いつの間にかうとうとして、梅次《うめじ》はハッとなった。

隣りを見ると、しめが窓の桟に突っ伏していびきをかいていた。

横山左近の屋敷である。根岸に命じられて、昨夜から梅次としめが泊まり込んでいる。宮尾よりも二人のほうがよいという根岸の判断だった。

茶室を見張ることができる部屋を準備してくれるよう川島にこっそり頼み、この部屋に入った。窓の障子戸の両脇を三寸ずつ開けて、二人で茶室を眺める。昨夜はほぼ徹夜だった。その疲れが出てしまったのだろう。

「しめさん」

「は」

にらみつけるような顔で目を覚ました。

夕飯をすませてまだ一刻ほどしか経《た》っていない。

出るには早いかもしれない。

「濃いお茶でも入れましょうか？」

と、しめが言ったときである。

家の中にどーんという音が響いた。二階に大岩でも落ちたような音である。

隣りから芳乃についている女中がやって来た。

「これです。これがあると、出るのです」

「うん」

梅次としめは、窓の隅からそっと顔を出し、庭の向こうにある茶室を見た。

「あ」

しめが声を上げた。

ぽっと火が灯ったのだ。

さらに障子に人影が現れた。

「で、出ましたよ」

「ああ」

丸く切った障子で全身にあたる人影は見えない。その人影がぽおん、ぽおんと跳びはじめた。

人の跳び方とは違う。ゆっくり宙を舞うのだ。狐か妖《あや》かしでなければ、あんな跳

いた。

十手を構えた梅次が先に出て、そのあとをすりこぎ棒と提灯を持ったしめがつづ

「はい」

「いくぞ、しめさん」

び方はできないだろう。

走っている途中で影は消えた。だが、逃げ出した気配などはない。

茶室のところに来た梅次は、裏のほうも確かめるつもりで、ぐるりと一周した。

「やはり誰もいないな」

障子の明かりがふっと消えた。

にじり口を開け、梅次が十手を振り回しながら頭を突っ込んだ。

「梅次さん、提灯」

「おう」

しめが差し出してきた提灯を中に入れる。

茶室に明かりが入った。じつに簡素な四畳半である。これではお化けでも侘しい

気がするのではないか。

「誰もいねえよ」

恐る恐る梅次が入り、しめがつづいた。

「ほんとにいませんね」

「ああ」

うなずいて、梅次は鼻をくんくん鳴らした。いい匂いがする。

さっきの人影は女だった。その残り香《が》だろうか。

外に人の気配がしてきた。

母屋からあるじの横山左近や用人の川島忠兵衛、さらに若い侍に中間も駆けつけてきていた。

「誰かいたのか？」

外から、川島忠兵衛が訊いた。

梅次がにじり口から顔を出し、

「いいえ、誰も」

と、首を横に振った。


明け方になってから、しめはいったん神田の自分の家に帰った。

二晩ろくに寝ていない。梅次と相談し、すこし仮眠を取ってから、お奉行さまのところに行こうということになった。

くたびれて家に上がると、息子夫婦が朝飯を食べていた。

「ただいま」

「ただいまじゃねえよ、おっかあ」

息子は箸を置き、目くじらを立てた。

「なにがだい？」

「中婆さんのくせに朝帰りなんかして」

「悪いことして朝帰りしたわけじゃないもの。かまわねえだろ」

「もういい加減にしなよ。捕り物の手伝いなんか」

「へっ。捕り物の手伝いをやめたら、あんたはあたしの相手をしてくれるのかい？」

「相手って、そりゃあたまには話相手くらいは」

「どうせ最初だけだよ。そのうち、石のカエルみたいに縁側に座ってればいいみたいなことになるのさ。現にそうだっただろ」

「だって、商《あきな》いってえのが」

「そうだよ。あんたは一生懸命、商いをしてな。あたしゃ江戸でただ一人の、女の岡っ引きになるんだから」

「女の岡っ引きかよ……」

息子はそう言いながら、左右の人差し指同士を、震わせるようにくっつけたり離したりしていた。

子どものときからやっていた癖である。緊張したり、叱られたりしたときにする。

いまは叱られたつもりになっているのかもしれない。

――子どものとき、ちっと厳しくやりすぎたかね。

しめはにやりとし、

「あたしゃ、昼くらいまで寝かせてもらうよ」

と、裏の部屋に入った。

五

「やはり出たか」

と、根岸は嬉しそうに言った。

「なるほど。どーんという物音がし、茶室に火が灯り、影が踊ったとな」

梅次は、丸い障子と、そこに映った影の絵まで描いて、できるだけくわしく根岸に報告したのだった。もう一枚、根岸に言われていた茶室の見取り図もある。

「あの茶室に人がいなかったことは断言できます」

と、梅次は言った。

後ろでしめもうなずく。

「だが、茶室だもの、炉《ろ》はあるだろう」

「ありました」

「ということは火も使える」

根岸は見取り図を指差して言った。

「どういうことでしょう？」

「茶室だが、いい匂いなどはしなかったか？」

「あ、しました」

「やはり、そうか」

「え？」

「障子はちゃんと調べたか？　影をこしらえるような仕掛けはなかったか？」

「そのようなものはいっさいありませんでした」

梅次は、明るくなってから、もう一度、茶室の中を調べた。怪しいものはいっさい、なかったのである。

「中を調べたがなかったと。だが、障子の影なんぞは外からでも出すことはできる。しかも、外からだとその仕掛けを始末するのもかんたんだ」

「はあ」

根岸の言うことに、梅次としめは顔を見合わせた。

「誰がそんなことを？」

と、梅次は訊いた。

「それをやれたのは茶室のことを知りつくし、いろんな仕掛けができる者しかいない」

「では？」

「ご亭主だろうな」

すなわち、若い当主の横山左近である。

「ご亭主！　なんのために？」

「脅かしたいのだろう」

「いたずらですか」

「いたずらにしては手が込んでいる。もっと切羽《せっぱ》詰まった理由はあるはずさ」

「なぜ、そのような」

「それはわからぬ。だが、ご亭主がやって来た妻を嫌っているようには見えぬ」

根岸も考え込んだ。

「あの、お奉行さま」

「どうした、しめさん」

「もしかしたら、子どものときの心の傷みたいなものって関わりはないでしょうか」

「ほう」

「あたしは子どもを育てて思ったんですが、大人からしたらどうってことなくても、子どもにとってはすごく大変なことで、いつまでもそれを引きずっているものってあるんです」

しめは言いながら、息子の人差し指同士を突くような癖を思い出した。

「そうだな」

「あの横山左近さまの子ども時代をよく知っている人がいればいいのですが」

「うむ。それはいるだろう。その線は面白い。用人の川島に頼んで左近の子どものころを知っている者を教えてもらえ」

「わかりました」

しめはうなずき、これで江戸ただ一人の女の岡っ引きに、ぐっと近づいた気がした。


二日後である――。

「微妙な話だ。わしが直接、行こう」

しめの報告を聞いて、根岸は立ち上がった。すでに夕刻である。

「お奉行さまがいまからですか？」

「すぐ近くだ」

梅次としめ、それに護衛がてらの宮尾玄四郎《げんしろう》を連れて、愛宕下の横山左近の屋敷を訪ねた。

ぞろぞろと挨拶に出てくるのを制して、根岸は横山左近とあとは梅次としめだけの四人にしてもらった。

「もう、お終《しま》いにしよう、左近どの」

「な、何を？」

「茶室の怪は、幽霊のせいでもなんでもない。かんたんな仕掛けがあれば済むことだ」

「仕掛け？」

「さよう。まず、ドーンという音だが、これは二階で誰かが跳びはねればいいことだ。夜中の音はとくに大きく響く。茶室にポッと火が灯るのも難しくはない。線香がある程度のところまで燃えたら、油につけた紙に火が移るようにしておくだけのこと。炉をちょっと丹念に見ておけば、それは見つけられただろう」

根岸がそう言うと、梅次としめは、しまったというような顔をした。

「窓の影は障子の外に黒い紙を置き、それを糸か何かでひっぱったりしただけだろうな。影絵みたいなものさ。それはこの者たちが駆けつけたときには屋根の上あたりまで引っ張りあげてあったのだろう」

「……………」

「仕掛けはどうということはない。肝心なのは、なぜ、そんなことをしなければばならなかったかだ」

「なぜ……」

「それでこのしめという岡っ引きの見習いが、そなたの乳母で、いまは本所の在にもどっているおまつという女を訪ねた」

「おまつを」

「そなたは素直な愛らしい子どもだったそうじゃな。もっとも、乳母は自分が育てた若君を皆、そんなふうに思うのだろうが」

「懐かしいです」

　横山左近がそう言うと、しめも、

「おまつさんもひどく懐かしがっていましたよ」

　と、伝えた。

「それでそのおまつから聞いたことなのだが、そなたは子どものとき、ひどく苦手にした相手がいたそうじゃな」

「………」

「それとよく、あの茶室で遊んだそうじゃが？」

「そうですか、おまつから聞いたのですか。では、隠しようもありませんね。いとこです。女ですが、ちょっと異常なところがあって、二人きりになるとわたしをいじめたのです」

「いじめた？」

「怖い話をしたり、体力で圧倒したり。女といっても三つ年上で、身体もあの歳にしたら異常なほど大きかったのです」

「それと芳乃となにか関わりが？」

「怖がらせたかったのです」

「なぜ？」

「正体を現すかもしれないから」

横山左近の目つきがすこし異常である。くりくりっとした目が一点を見つめ、硬直したみたいになっている。

「正体？」

「あいつのよみがえりかもしれない」

横山左近はぼそりと言った。

その口調に、根岸たちは互いに顔を見合わせた。

おりしも強い風が吹き、屋敷中ががたがたと鳴った。

「よみがえりだと？」

「そのいとこは不慮の事故で亡くなりました。その命日と、芳乃が生まれた日がいっしょだったのです」

「ほう」

「それと、もう一つ、顔かたちも性格もまったく似ていないのですが、笑い声がそっくりでした」

「なるほど」

「あの茶室で跳んだりはねたりしたのを、再現したようなものです。くだらないことをしました」

「そう思うかい？」

「怯えれば、正体をあらわし、ひそんでいたあやつの幽霊が出て行くのではないかと」

「なるほどのう」

「半信半疑なのですが、やらずにいられなかったのです」

そう言って、横山左近は自分自身を抱きしめるように腕を組み、深くうなだれた。

「いや。心の奥に刻まれた怖さは、意外に大きな影を落としたりするのさ。このしめも、何人も子どもを育てたが、そういうことは身に染みたそうだぜ」

根岸は横山左近の膝に手を当て、ゆっくりと嚙んでふくめるように言った。

「そうなのですか」

横山左近はしめを見た。

「そうですよ」

しめがうなずくと、横山左近はすこしほっとしたような表情を見せた。

「だが、はっきり見据えてしまえば、そう怖くもなかったりするのさ。そなたも今度のことで、いとこの影をはっきり見据えることができたはずだ」

「芳乃に言うのですか？」

不安げな顔で横山左近は訊いた。

「言って欲しくはあるまい？」

「はい」

「だが、言わなければ芳乃の心にずっと恐怖や割り切れない思いは残るぞ。そなたにいとこの恐怖が残ったようにな」

「あ、そうですね」

「わしらは何も言わぬ。考えてみてくれ」

うつむいた横山左近をそのままに、根岸たちは屋敷をあとにした。


その翌日——。

椀田豪蔵は宮尾玄四郎とともに深川の天長寺へとやって来た。

「やっぱり、ここは臭いな」

と、椀田は庭全体を見回しながら言った。

「ああ」

「なあ、宮尾。この寺に、仏像庄右衛門《ぶつぞうしょうえもん》が盗みに入っただろ」

「入ったな」

「それに、ここは玉助《たますけ》の遺体が吊るされた五本松にも近いよな」

「うん。すぐ裏手と言ってもいいだろうな」

「もしかしたら、小力《こりき》と玉助が説教を聞きに来たという寺も、この寺かもしれねえ」

「ほう」

「ということは、だぞ。仏像庄右衛門と、玉助の死もつながるのか？」

「つながっても不思議はないか？」

「どこでつながるんだ？」

「さあ」

二人で首をかしげた。

「まだ、町方では住職の話を直に聞いていないんだ」

と、椀田は言った。

「そうなのか」

「どうせ、仏像は盗まれちまったんだから、いまさら町方に言うこともねえと。だから、寺社方にしかしゃべりたくねえんだとさ」

「そうはいくまい。よし、とりあえずわたしが、引っ張り出してくる」

宮尾は住まいにしている棟のほうへ行った。

椀田は本堂のほうに来た。ぐるっと周囲を回ってみた。仏像庄右衛門はこのときは空からではなく、墓場のほうから来たらしい。このあたりは五つほどの寺が互いに接していて、しかもあまり人家に囲まれていないため、ある程度、警戒はしていても、侵入を防ぐのは難しかっただろう。

――ん？

その墓場のほうから、武士が一人、足早にやって来た。

凄まじい殺気を放っていた。

椀田は身構えるが、刀は抜かない。柔術を得意にするので、いつも刀を抜くのは一瞬遅れる。これは欠点だと自覚もしているが、いくつもの立ち合いをどうにか無事でやって来た。

「とぉりゃあ」

いきなり斬りかかってきた。問答無用らしい。

「うおっ」

上段からの剣は、すばやく左に動いてかわしたが、すぐに真横からの剣が来た。椀田は抜ききれず、鞘ごと相手の刃に当てた。鮫革の鞘が割れる音がした。足を飛ばし、ひっくり返そうとしたが、すっと引いた。

今度は突いてきた。これも鋭い。のけぞってどうにかかわしたが、体勢が崩れた。

「うぉお」

椀田は大声で喚《わめ》き、刀を振り回した。いくらかでもためらってくれたらめっけものである。

「ふっふふ」

笑った気配があったので駄目かと思った。

そのとき、小石が飛んできて、男の左腕を打った。

宮尾が駆け込んで来た。

「いいところに来てくれたぜ、宮尾。頭のおかしな野郎だ」

「違う、こいつは寺社方の者だ」

宮尾はこの前、しめといっしょに会っている。

「なにっ」

「おいっ、われらはちゃんと許しを得ているのだ。寺社奉行の阿部播磨守《あべはりまのかみ》さまからも」

と、宮尾が寺社方の男に言った。

「わしは聞いていない」

「そんなおかしなことがあるか」

「町方がやたらと出しゃばるなら、今後もただでは置かぬ。覚悟しておけ」

刀をおさめると、踵《きびす》を返した。

「おい、待て」

呼びかけても止まらない。

「話にならないとは、あんたのことだな」

宮尾が後ろ姿に向かって毒づいた。

「あぶなかった。恐ろしい腕だ」

「玉助を殺したのも、あの男ではないのか。辻斬りみたいなことをやらかしても不思議ではないぞ」

と、宮尾は言った。

「おいらは違うと思う。遺体に刀傷などなかったしな」

そこへ、住職が来た。

四十前後のやけに肌艶《はだつや》のいい坊主である。肥り具合がまた、いかにもうまいもので肥ったという感じがする。やたらと光る生地の袈裟《けさ》をつけていて、それもこの寺の内証《ないしょう》のよさを示していた。

「いまさら、町方に話すこともないのだがな。それよりも早く盗人を捕まえて、仏像を取り戻してくれ」

住職は文句を言った。

「そのために話を訊きたいんですよ。ただ、ここに寺社方の者が出入りしていますね。ちっと目の吊り上がった怖いような男が」

非難するような調子で椀田は言った。

「ああ、あれな。田端欽十郎《たばたきんじゅうろう》という名で、寺社方の小検使をしている。まあ町方の町回り同心みたいなやつさ。昔からぐるぐる回ってきてるが、ちと変なやつでな。町方が嫌いらしいぜ」

寺社方に町方嫌いが多いとは聞いているが、あれは度が過ぎているだろう。

「盗まれた仏像だがな、秘仏だったのかい？」

椀田が訊いた。

「それがそうでもない。何気なしに本堂に飾っておいたのさ。まさか、仏像庄右衛門が狙うようなものとは知らなんだ」

「そうなのか」

「ただ、うちに来る俊海《しゅんかい》というのは、あれはいいものだとは言っていたがな」

「俊海？」

「ときどき、ここで説法をしているのさ。わしはあまり説法が得意ではないので、ちょうどいいと思ってな。しばらく本堂を使わせていた。うまいらしい」

「聞いたのかい？」

「坊主が別の説法など聞かぬさ」

この寺の格式から想像したら、がっかりするような住職である。おそらく人を救おうなどという気持ちは微塵もないのだ。

「ここでときおり説法をねえ」

気になる。その坊主、ひどく気になる。

「俊海の特徴は？」

「海坊主みたいな大男さ」

「いまはどこに？」

「出ていってしまったよ。ちょうど、あれが盗まれたころに」

「どうしてそういう大事なことを」

椀田はにらみつけた。

「言ったさ。さっきの田端に」

伝わるべきことが伝わっていない。二つの組織が一つの事件にかかわると、かならずこうしたことが起きる。町方の場合は火盗改《かとうあらた》めとのあいだでしばしば問題になるが、寺社方とはめずらしい。

「じゃあ、俊海は行方知れずかい？」

「だが、あいつはこのあたりの生まれなんだ。行方を訊いて回れば、探し当てるのはそんなに難しくないと思うがな」

なにごともいい加減な坊主だった。

六

夕刻になって――。
宮尾と別れた椀田が小力《こりき》の家に来ると、出かけているとのことだった。玄関口の前でもどるのを待つことにした。

なんだか侘しい気持ちだった。人はこうして、何かを待ちつづけるのが人生なのかもしれない。

酔っ払いが通りすぎ、すこしして小力が戻ってきた。頬がほんのり赤い。どこかで飲んできたらしい。

「あら、椀田さま」

にっこり微笑んだ。芸者のつくり笑いには思えない。これが芝居や手管であって欲しくない。

椀田の胸がきゅぅんと締まる。

「また、お座敷に出るつもりかい？」

椀田はがっかりしてしまった。

もしかしたら、このまま芸者の世界からは足を洗い、八丁堀の家に来てくれるのではないかと期待していた。意外にかわいい嫁さんになるぞと、春の日の昼寝の夢みたいな気持ちになっていた。

粋筋から嫁をもらう。それはお堅い八丁堀でも例のないことではなかった。芸者は知らないが、深川の遊女を落籍《ひか》したのと、三味線の師匠を後妻にもらった例は知っている。そのうちそうした家に相談に行こうとも思っていた。素人と違う面倒ごとにはどんなものがあるかと。

自分の気持ちはこの前の夜、堀端に立ったまま告げた。酒は入っていなかった。素面《しらふ》で言いたかった。

もうすこし、考えさせてくださいな。それが答えだった。

当然だろうと思った。小力はまだ若い。自分たちは知り合ったばかりである。

「だって、椀田さま、いつまでも遊んでいたら、おまんまの食いあげですよ」

と、小力が言った。

「そうか」

椀田にしたって金を渡しているわけではない。

「来てくださいね、お座敷にも」

「馬鹿言うなよ。同心の扶持《ふち》であんなところに行ったら、ひと月は水だけで暮らさなきゃならねえ」

「大丈夫。勘定書《がき》はほかの人に回しますから」

小力は笑顔で言った。

冗談なのか、本気なのか。

まあ、お愛想というものなのだろう。芸者の如才のなさが憎らしい。

その切なさに耐えながら、

「玉助とお説教を聞きにいっていた坊主の名は、俊海とは言わなかったか？」

　と、椀田は小力にできるだけ重々しい口ぶりで訊いた。

「あ、そうかもしれません」

「海坊主みたいな大男か？」

「海坊主というより、やさしげなお相撲さんみたいでしたよ」

「場所は天長寺」

「名前は……」

「説法がうまかったらしい。どういう話をするのだ」

「冗談などもたっぷりおっしゃってね。でも、あたし、馬鹿だから、すぐ忘れてしまうんですよ。そのときはいいお説教を聞いたなあって思っても、次の日になるときれいさっぱり。ほら、お座敷に出て、騒いで、お酒飲むでしょ。あれがいけないんですよね。なぁんにも残らない。ほんと、馬鹿。いつ、死んだってかまわないような……」

　さっきよりもっと酔っ払ったようになった。

「小力」

　椀田は小力の目を見た。

「え？」

目を逸らした。

小力はやっぱり何か握っている。

「おめえ、無理してねえかい？」

「無理？」

「ああ。わからねえがそんな気がする」

「そりゃあ無理してますよ。椀田さまだってしてるでしょ？」

一度は逸らした目で椀田の目をのぞき込んできた。

「何だろうな。わからねえな。おめえの生《お》いたちとかに関わるのかな」

小力の目を見返した。

「椀田さま。あんまりしつこくすると、嫌いになりますよ」

「じゃあ、おいらのことが好きだったのか？」

「それはそうですよ。こんなに頼りになる同心さまはいないなって、前から思っていたんですよ」

「同心としてな」

男としてではない。また胸が切なくなってきた。

手がかりを摑んだと思っても、小力の沈黙で途切れる。ここを突き破ることができない。椀田は自分が歯がゆかった。

「じゃあ、出直すか」

夜がだいぶ寒くなってきていた。

かなわぬ恋の夜寒《よざむ》かな、といったところか。上の句をつけるとしたら何だろう。

懐手《ふところで》をして踵《きびす》を返した。

「椀田さま」

「ん？」

振り向いた。

小力がこっちを見つめている。その目がうるんでいた。

「さかさ仏なんですよ」

苦しげにそう言うと、家の中に駆け込んで行った。

評定所の会議が終わると、勘定奉行の石川忠房がすっとそばに来て、

「婿は芳乃に自分で告げたそうです」

と、小声で言った。

「幽霊は自分のしわざで、芳乃にいとこのおかしな霊が入ったのではないかと心配したためだと」

「そうか」

「芳乃は嬉しかったと言っていました」

「嬉しい？」

「ええ。正直に話してくれて。それもこれも、自分のことを心配してくれたからだろうと」

「芳乃どのは素直なのさ。だが、まあ、よかった」

「よかったのでしょうか」

石川忠房はなんとなく複雑な表情である。

「ん、どうした？」

「幽霊に怯えて、実家にもどって来たほうがよかったかなと」

「では、わしに頼んだのも失敗だったと？」

「いえ、そういうわけではないのですが」

「親なんて寂しいものよのう」

「ええ」

「だが、子は皆、親の手元を離れる。親元にいても、心は離れる。そうしないと成長はできぬ」

いったん控えの間に入り、荷物を取り、それぞれの家来が待つところに行く。ただ、評定所はお城と違って、茶坊主の案内はない。

石川忠房はちらりとほかの寺社奉行たちのほうを見て、

「根岸さま、お気をつけて」

さらに低い声で言った。

「何を？」

「中枢でまた、根岸さまを町奉行からはずそうという思惑が見え隠れしています」

「いまに始まったことであるまい」

「それはそうですが」

根岸の地位はけっして安泰ではない。再三、追い落としの動きがあった。

それを阻んでいるのは、圧倒的な町人の人気である。だが、逆にそれがゆえに、反根岸の動きが絶えず生まれてくる。

「根岸さまが地位などに恋々としないこともわかっています。だが、まだまだやってもらいたいことがあります」

「うむ」

ありがたい激励である。

「とくに阿部播磨守さまにはお気をつけなさるよう」

「阿部さま？」

このあいだ、仏像庄右衛門のことを頼むといわれた。

だが、石川は偏ったものの見方をする男ではない。

「わかった。心にはとめておくが……」

寺社奉行がその権力を駆使して、ひそかに画策することに対抗するのは、町奉行としてもかなり難しいはずだった。

第四章　消えた師匠

一

「ここだろ」

と、梅次《うめじ》が足を止めた。

「そうですね。ずいぶん鄙《ひな》びたところですね」

しめはかぶっていた手ぬぐいを外した。夏のうちに日焼けがひどくなり、じつの娘からは、他人よりも半刻《はんとき》（およそ一時間）ほど早く顔に夕暮れが降りているなどと言われた。それで近ごろは外出のときはかならず手ぬぐいをかぶることにしている。

梅次としめは、俊海《しゅんかい》という謎の坊主の足取りを探るように言われていた。

俊海は、天長寺の住職が言ったように深川の東の出身らしく、知り合いも多い。

「俊海？　ああ、知ってるよ」と答える住人はずいぶん見つかった。

ただ、このところ足取りは転々としているらしく、数カ月前までいたというのが、この十間川《じっけんがわ》沿いの家だということだった。

ここは、深川もだいぶはずれである。人家も少ない。畑が広がっている。大根畑と白菜畑らしい。想像したよりも立派な一軒家である。

どうやら、俊海は信者たちの力を借りてこの家をつくったらしい。ここに住み、方々に布教に出ていた。

だが、いまはもう人手に渡してしまったはずだという。それでもなんらかの手がかりはあるのではと期待し、訪ねてきたのだった。

家をのぞくとかなり人がいる。皆、深刻そうな顔をしている。梅次は葬式でもやっているのかと思ったが、線香の匂いもお経の声もない。

玄関口で立ち話をしてる二人に梅次が声をかけた。

「あのう」

「なんだい？」

「俊海という坊さんのことは知りませんか？」

「知らないね」

冷たい目で見られた。

「この家に住んでたと聞いたんですが」

「ここはうちの師匠が空き家だったのを買い取ったのでね。ただ、いまはそれどころじゃないんだよ」

「何かあったんで？」

「あんたたちは人探しだろ。余計なことに首を突っ込まなくていいから」

手で追い払うようにする。

梅次はしめを見た。どうしようか、という目である。

しめはうなずいた。名乗ってしまったほうがいいという意味である。

梅次は背中から十手を取り出して、

「おいら神楽坂のほうで十手を預かっている梅次って者だがね」

「これは親分さんでしたか。あんまりお若いので」

おなじみの台詞《せりふ》を言われた。

できるだけ年上に見られるよう無精髭でも生やしたいが、あいにくと髭が薄く、鼻の下も顎もつるっつるである。

「何があったか話してもらえるな」

手で追い払うようにした二十四、五のいかにも若旦那といったような男に訊いた。

「そりゃあ、まあ、番屋に相談に行くかと言っていたところでしたので」

「まさか。誰かが殺されたとか？」

「いや、それはわからないんです。じつは、ここに住んでいるわたしどもの師匠がいなくなりまして」

「いつから？」

「昨日の昼くらいです」

「昼？」

人がいなくなるのは、たいがい夜のはずである。

「ええ。それまで弟子たちもいたのですが、昼飯どきになって帰った者もいれば、近くに飯を食いに行った者もいました。師匠は野菜の粥しか召しあがらないので、それは準備しましてね」

「それで？」

「一刻ほどしてもどってきたら、師匠がいなくなっていたんです」

「探したかい？」

「もちろんです。もしかしたら川っ縁《ぷち》に行って、足でも滑らせて流されたんじゃないかとか、押し込みでも入って殺され、どこかに埋められたんじゃないかとか。家の中はもちろん、このあたり一帯、くまなく探しました」

「ふうん」

梅次としめはいったん外に出て、家を一回りし、ふたたび中に入った。

そう小さな家ではない。ここらの家にはおなじみの土間はない。台所をかねた板の間に十畳間が二つ。それを廊下が囲んでいる。

剣術の道場にするにはちょっと狭いが、柱なども異様なほどに太く、頑丈なつくりの建物である。

「ところで、師匠って何の師匠だい？」

「三味線です。杵屋《きねや》芝二《しばじ》といったら、三味線を弾《ひ》く者にとって神さまみたいな人ですよ」

「へえ」

梅次はしめを見た。

しめは小声で、

「あたしゃ口三味線は弾きますが」

と、首を横に振った。

若旦那ふうの男は、二人を冷ややかな目で見て、

「ご自分でつくられたものを自分で弾きます。それがえもいわれぬ音曲《おんぎょく》となって、聴く者を魅了します」

「ふうん。それが師匠のつくった三味線かい？」

「あ、そうです」

梅次が手に取ろうとすると、

「大事に。紀州さまからの注文の品です」

そう言われて、慌ててもどした。

「でも、ふつうの三味線ですよね」

と、しめが言った。

「見かけはね」

「材質が違うんですか？」

「いや。ほとんど同じでしょうね」

「じゃあ、何が違えばそんなに音色が違うんですか？　やっぱり腕の差ですか」

「弟子はそれを知りたくて通って来てるんですよ」

「三味線の師匠ってえと、芸者なんかも出入りするのかい？」

と、梅次は訊いた。なんとなくそう思ったのだ。玉助《たますけ》の死や小力《こりき》ともつながっていくのかもしれない。

「いや、芸者さんは来ませんよ。こんな町はずれだし、それにうちの師匠の芸は、言葉は悪いけど芸者さんには品がよすぎるんですよ」

「なるほど」

いまいる七人ほどの弟子たちを見てもそんな感じである。着物は新調したものらしいし、古着めいたものを着ている人など誰もいない。玉助や小力とのつながりを期待したが、それはまったくなさそうだった。

一通り家を調べ、そこに居合わせた弟子たちの話をざっと聞き終えて、夕方くらいに梅次としめは奉行所にもどった。

根岸《ねぎし》は私邸のほうで休息していた。といっても横になるわけではなく、黒猫のお鈴《すず》を撫でるくらいである。

「忽然《こつぜん》と消えたとな」

根岸の大きな耳がぴくりと動いた。興味を持ったしるしである。

「皆、そう言っています」

師匠が一人きりになっていた時間はわずかなもので、弟子たちの印象ではまさに忽然と消えたらしい。

「消えるか、人が？」

「ひと月ほど前、転んで足を折りました。まだ当て木をしているくらいで、歩くのは難しいのです」

「履物は？」

下駄も草履《ぞうり》と下駄も

「無くなっていないというのです。怪我をする前、ふだん履いていた草履《ぞうり》と下駄もありました」

「だが、駕籠《かご》という手もあれば、誰かが背負って行ったということもあろう。あるいは川が近ければ舟だって行き来する」

「はい。その筋で調べてはいるのですが」

まだ、目撃した者は見つかっていない。なまじ周囲に何もないだけに、異変があれば目立ちそうなところである。

「あの、お奉行さま……」

しめが遠慮がちに言った。

「どうした？」

「じつは、あの師匠は人ではなかったのではないかという者も出てきています」

「人ではない？」

「ちょっと浮世離れしていて、ふつうとは違っていたのだと。三味線を弾きはじめると、憑《と》りつかれたみたいになって一日中弾いたりしたそうです」

「そのときの目つきときたら、怖いくらいだったそうです」

と、梅次が言葉を足した。

「そりゃあ芸事の師匠などは、たいがいそういうところがあるだろう」

「はい。ただ、常軌を逸したといいますか、何かに憑りつかれてしまったんじゃないかと見えたそうです」

「どうもわからぬ話だな」

根岸は苦笑して、首をひねった。

「お奉行さま。そんな話ってありますか？」

「どんな？」

「人が人でなくなるとか、あるいは人が消えるとか」

しめは日焼けした顔にかすかな青みをにじませて言った。

「そりゃあ、あるさ」

と、根岸はごく当たり前のことを言うように言った。

「狐憑きの話をはじめたら枚挙に暇《いとま》がないほどさ。狐だけでなく、狸やらむじなも憑りつくらしい」

「へえ」

「人が消えるというのもある。坂道を歩いていると、前を歩いていた人間がふっと消えてしまう。茗荷谷《みょうがだに》のあたりで何度かあったらしい。あるいは、一つの村の人間が一夜にして全員消えてしまったという話もある」

「やはりあるんですねえ」

しめはそう言って、ぶるっと震えた。

「だが、その話は違う気がするな」

「違うとおっしゃいますと?」

梅次が訊いた。

「妖かしではなく、人がやったような匂いがする」

「やはり、そうですか」

根岸は妖かしについての話をたくさん渉猟しているが、どれもけっして鵜呑みにしているわけではない。

梅次から見ると、むしろなぜそうした話が出てきたかを探りたくて、書き記しているような気がする。

根岸は表の奉行所にもどる刻限になったらしく、立ち上がって言った。

「俊海のほうは、椀田《わんだ》と宮尾《みやお》も追っている。そっちはひとまず置いて、お前たちはその師匠のことを調べてみてくれ」

二

翌日――。

梅次としめは、また十間川沿いの杵屋芝二の家にやって来た。

ただ、二人で同じ話を聞いても時間がもったいないので、しめは周囲をまわって来ることにした。

今日も弟子たちが来ている。

三人が上座を向いたまま、三味線を弾いている。男が一人に女が二人。三人ともぴんと背筋を伸ばしている。

いつもは前に師匠がいるのだろうが、もちろん今日はいない。

邪魔しては悪いので、板の間に腰かけ、稽古が終わるのを待った。

三味線や音曲のことは何も知らない。

だが、見ているだけでたいしたものだと感心してしまう。とにかく左右両手が凄まじい速さで動く。

音色も、速くなったり、ゆっくりになったり、にぎやかな感じになったり、色っぽいふうになったりする。

こんなときはついうとうとしたりするが、今日は眠気に襲われなかった。それだけ見事な芸なのかもしれない。

梅次が来てから半刻ほどして、ようやく終わった。三人とも寒いくらいの部屋の中で、うっすら汗までかいていた。

「ご苦労さまです」

若い女の弟子がお茶を出してくれた。昨日も見かけた弟子である。梅次は女の歳を当てるのは苦手だが、

——おいらよりは二つ三つ上かな。

と、想像した。三味線を習うような粋な感じはあまりしない。

その女の弟子に梅次が訊いた。

「ここはお弟子さんがしょっちゅう出入りしてるのかい？」

「そうですね。お師匠さんは独り身で、しかも足の怪我をなさってからは、つねに誰かが来て、身の回りの世話をしてました」

「弟子は多いんだろ？」

「孫弟子まで入れたらずいぶんな数ですが、お師匠さんに直接教わっているのは、三十人足らず、ここにしょっちゅう出入りしてるのは、あたしを入れて七、八人といったところです」

すると、しょっちゅう来ているという弟子とは、昨日と今日で全員、顔を合わせているだろう。

「寝るのは一人で寝てるのかい？」

もしかしたら色っぽい返事が返ってくるかと思いながら訊いた。

「はい。怪我をして数日は、男のお弟子さんが泊まり込んでいましたが、ふだんは

一人です。あまり人の世話になるのは好まないみたいです」

「足の怪我なんだが、どうやって怪我したんだい？」

もしかしたら、誰かに襲われたりしていたのかもしれない。

「その縁側から足を踏み外したんです。師匠はあれで、しぐさに落ち着きがないところがあるんです」

「ふうむ」

なかなか怪しいことが出て来ない。

「昨日の話だと、師匠に何か憑りついたのかもしれないって言ってた人もいた。あんたもそう思うかい？」

「ああ、その話ですか。あたしは違うと思います」

「なんで？」

「師匠はこのところ新しい曲をつくるのに夢中で、ちょっと上の空のところはあったと思います。それより、憑りつかれたと思う人は、この家のまわりに獣《けもの》が集まりやすいってことからきてるのだと思います」

「獣が集まる？」

「はい。ほんとに多いんです。犬とか猫はもちろん、狐や狸、うさぎも見ました。それから鳥もたくさん」

「どうしてだい？」

梅次は気になった。根岸は狐が憑くという話は枚挙《まいきょ》に暇《いとま》がないくらいだし、狸も憑くと言っていた。やはり、獣は何か関わりがあるのではないか。

「さあ、あたしにはわかりません」

そこへ、しめがやって来た。

「親分」

来るときに話し合って、こういうときは、親分と呼んでもらうことにしたのだ。そのほうが多少でも舐められずにすむ。

「どうだった、しめさん？」

「やっぱり見かけた人はいませんね。ここらの人は皆、師匠のことをよく知っているので、歩いていたら目につくはずだって言ってましたが」

「そうか」

梅次は腕組みした。じつに弱ったもので、手がかりらしいものがまったく出てこない。

「あのう」

と、若い女の弟子が遠慮がちに口を開いた。

「どうしたい？」

「これは気のせいかもしれないので、言いにくかったのですが」

遠慮しているらしい。

「言ってみな」

「この部屋、何かが違うんです」

「何かというと？」

「わからないんですが、師匠がいなくなった日をはさんで、絶対に何か違っているんです」

「どうだい？」

と、梅次はほかの弟子に訊いた。

「さあ、あたしはとくに」

中年の女は首をかしげ、

「おくみちゃんは几帳面だからな」

でっぷり肥った三十半ばくらいの男は笑った。女の弟子はおくみというらしい。

「やっぱり気のせいかなあ」

と、おくみは自信なさげな顔になった。

「いや、そういう勘は大事だぜ。おくみさんよ、ゆっくり考えてみな」

梅次は、そこに手がかりがあるような気がした。

どっちにせよ、獣が集まりやすいということ以外、怪しいことは何も見つかっていない。

家の中を見回し、

「端から順に見ていこうか」

と、梅次はおくみに言った。

「はい」

十畳間が二つだが、荷物は多くない。

いちばん奥のほうは、三味線をつくるための作業場みたいになっているらしい。木材やなめした革、鋲《びょう》や糸などが箱に入っていたりする。

できあがった三味線が二丁、立てかけられてある。なんとなく素朴な感じがする三味線で梅次が見たっていいものとは思えない。

「お師匠さんは一丁をどれくらいでつくるんだい？」

と、梅次が訊いた。

「ゆっくりつくるんですよ。せいぜい三月に一丁」

「へえ。高いんでしょうね？」

わきからしめが目を輝かせて訊いた。

「そうですね。弟子のわたしたちも買うことはできませんから」

「そうなんですか」

しめは買おうとして断られたような顔をした。

「盗まれてはいないだろ？」

「はい。ほかのお弟子さんも三味線は盗まれていないって」

「じっくり見てくれよ」

「ううん、だいたいここは、あたしなどはあまりのぞかないんです。だから、わからないということもあるのでしょうが、変わった感じはしませんね」

この一画はいつも屏風で隠されているらしい。

屏風には、仙人みたいな人が牛を引いている絵が描かれていた。

「屏風はどうだい？」

「同じですね」

「これも高価なんだろ？」

「いや、たしかお弟子さんの誰かの絵で、そんな立派なものではないとおっしゃってましたよ。懐かしさで使っているみたいでした」

廊下のほうには、長持ちが一つ、行李《こうり》が二つ、それと衣紋掛けが置いてある。

「ここはどうだい？　長持ちや行李の数が減っているなんてことは？」

おくみはしばらくじっと見ていたが、

「ないと思います」

首を横に振った。

反対側は布団などの寝具が畳まれ、小さな屏風で隠してある。

「こっちは？」

「ここもとくに」

ほかに荷物らしきものはほとんどない。

がらんとしている。

「厠《かわや》とか風呂場などはどうだい？」

「そっちは違うと思います。ここで感じるんです」

おくみは立っている場所を人差し指で示した。

そこへ足音がして、見覚えのある男が二人やって来た。昨日もいたのだが、あまり話を聞くことができなかった。

「お弟子さんだよな？」

梅次がおくみに小声で訊いた。

「はい。玉次《たまじ》さんと才三《さいぞう》さんです。お二人はほんとの兄弟なんです」

「へえ」

二人は梅次としめを見ると、かすかに眉をひそめた。

怪しい感じもあるが、しかし、町方の者が家に来るのを歓迎するやつのほうが少ない。

「なんだか稽古する雰囲気じゃねえな」

「帰ろうか」

二人は嫌みたらしい口ぶりで言った。

椀田《わんだ》豪蔵《ごうぞう》はこの日、非番に当たっていた。

奉行所の同心というのは毎日、忙しく働いているようだが、じつは非番の日が少なくない。下手をすると、出仕はせいぜい四、五日に一度などという者もいる。奉行の根岸が休みなしで働きつづけているのとは大違いなのである。

椀田の場合は、外回りであるうえに、つねに事件を抱えているため、そういうわけにはいかない。現に今日だって、奉行所にはいかなくても、直接、深川に出ていくつもりである。

「遅いな」

椀田がつぶやくと、

「何が遅い？」

姉のひびきが怒った。

　この姉は昔からそうである。ときどき、意味もなく弟にいちゃもんをつける。もっとも若いうちから、楽しみはほとんどなく、家のことをし、弟の面倒を見てくれた。椀田も内心では、ときどきそんな気分になっても仕方ないかと思っている。

「別にあんたの動きが遅いとか言ったわけじゃねえだろ」

「じゃあ、なんだい。お天道さまの動きがいつもより遅いってか？」

　男だったら絶対、ヤクザか辻斬りになっている。

「違うよ。宮尾《みやお》が迎えに来ることになってるんだ」

「きゃっ」

　ひびきは変な声を出した。思わず出た歓声をぐっと押し殺した感じである。

「え？　いま、なんて言った？」

「何も」

「きゃ、とか言わなかったか？」

「言ってませんけど」

「ふうん」

　首をかしげたところに、

「いよう、お待たせ」

　宮尾玄四郎《げんしろう》が顔を出した。

右手だけを懐に入れ、玄関の柱にすっともたれるようにしたところなど、なぜかさまになるのだ。

「あら、宮尾さま」

ひびきが小さな声で言って、ていねいにお辞儀をした。

「遅くなってしまって。椀田は怒っていたでしょう？」

宮尾は悪びれたようすもなく言った。

「いいえ。それに豪蔵など、水に漬けて待たせておいたって構わないんですよ」

「おいらは、茄子《なす》かきゅうりか」

椀田はそう言ってすぐに立ち上がり、そそくさと家を飛び出した。

「はっはっは。面白いなあ、ひびきさんは」

歩きながら宮尾は言った。

「いっしょに暮らしたら面白いどころじゃねえよ」

「それより、今日はどこを回る？」

「天長寺」

と、椀田は短く言った。

「またか？」

「昨夜、寝ながら考えたことがある」

考えたことが夢にまで出てきたくらいである。

小力は「さかさ仏」と言ったきり、家に入ってしまった。あれがそこらのろくでなしの言葉だったら、椀田は乱暴なことをしてでも吐かせているだろう。たとえ、下手人の疑いなどまったくないやつだったとしても。

だが、小力にはできなかった。

——なんなのだろう、さかさ仏とは？

考えているうち、椀田は小力の部屋にあった阿弥陀さまを思い出したのだった。

「小力の阿弥陀さまの底のほうに穴が開いていたのさ」

「穴が？」

「吊るしているのかもしれねえ」

「さかさまに？」

「そう。そのまま、さかさ仏だろうが」

「うーん」

と、宮尾は唸った。

「もしかしたら、天長寺の本堂の阿弥陀像もそうなっていたかもしれねえ」

小力はそのことについて何も語っていない。だが、それは語ってはいけないこと、教義の秘密に属することだからではないか。

天長寺に着いた。

小坊主に訊くと、あのいい加減な住職は近所に出ていてすぐにもどるという。田《た》端欽十郎《ばたきんじゆうろう》という寺社方の凶暴な男も来ていないらしい。

「本堂を見せてもらうぞ」

小坊主に言って、本堂をのぞいた。

阿弥陀さまもなかなか立派なものである。壇の上にある古い木像で、煤けたような色合いが風格を感じさせる。大きさはちょうど人と同じくらいだろう。

裏にまわって、像の下のほうを見た。

「宮尾、見ろ。これだ」

「なるほど穴だ」

「上を見ろ。梁《はり》がある」

「あそこに縄をかけて吊るすのか」

「そうだろうな」

「だが、何のためにそんなことを……」

宮尾は顔をゆがめた。妖かしの話のときでも、こんな顔はしない。よほど気味が悪いらしい。

住職がもどって来た。

「また、あんたたちか」

嫌な顔をした。

「こっちだって好きで来ているわけじゃねえんだ。それより訊きてえんだが、この阿弥陀像がさかさに吊るされたことってなかったかい？」

「ああ、ある」

隠すかと思ったら、なにごともなかったような調子で認めた。

「あったのか？」

「朝、来たら、上の梁からぶら下がっていたことがある。誰か、性質《たち》の悪いやつが悪戯《いたずら》したんだろうな」

「悪戯かな」

「悪戯に決まっている」

「俊海《しゅんかい》がやったんじゃねえのか」

と、椀田は訊いた。

「俊海が？　なんで坊主がそんな罰当たりなことをする」

住職はのん気な顔で笑った。

「だいたいが俊海ってえのは、どういうやつなんだ？」

名前ばかり聞くが、行方は杳《よう》として知れない。

「俊海か。くわしくは知らぬが、これがなぜか憎めないやつなのさ」

住職は、いかにも親しげな顔になって言った。

三

俊海は野原に横になって景色を眺めていた。

大川を渡ってこっちに来るのはひさしぶりだった。このところずっと、麻布、浅草、今戸、王子と転々としている。生まれ育ったところだけあって、やはりこっちにいるほうがなんとはなしに居心地がよかった。

景色はどうということはない。

冬枯れの色が濃くなりつつある田畑と十間川の流れ。深川もこっちに来ると人家は急に絶え、農家がぽつぽつと点在するだけである。

半町ほど向こうには、かつて自分のものであった家が見えている。

三味線の師匠をしているという男に売ったのだが、その弟子たちがずいぶん出入りしているらしい。

ただ、ここから見える表情がどことなく不安げなのはどういうことだろうか。

腹が減ってきた。

——坊主のくせに、すぐ腹が減りやがる。

苦笑いした。

ずた袋から餅を取り出し、齧《かじ》り始めた。

子どものころも、よくここらを歩き回ったものだった。川に入り、うなぎやしじみを取り、もうすこし下流では魚を釣った。

なにせ図体の大きな子どもだったから、食欲は旺盛であり、自分の食いぶちは自分で確保しなければならなかった。

畑のものを勝手に取れば盗人になる。だが、川や海のものは漁師のように大量に取らなければ大目に見てもらえる。

その点、深川に住んでいるのはありがたかった。

ところが、相撲取りになろうとしてなりそこなったり、商売に失敗したりするうち、願人坊主《がんにんぼうず》まで落ちぶれた。これはもちろん坊主とは名ばかりの乞食なのだが、経を読んだりするうち本気になってしまった。

生まれつき器用なところがあるのだろう。

お経はうまいし、説教もできるし、そのうち知り合いの坊主から法事の代行を頼まれたりするうち、ますます仏の道に本気になった。

だが、なまものが食えないというのが桎梏《しっこく》のように思えてきた。

武州《ぶしゅう》の在から来ていた猿回しと親しくなったのもそのころだった。

「おれたちの菩薩さまは、なまものを食っても許してくださる」

猿回しはそう言った。

「そうなのか」

「悪いことをしても、菩薩さまに正直に告解《こっかい》すれば許してくださる」

「告解？」

聞き馴れない言葉だった。

「教えてくれ。その菩薩さまのことを」

それはどこの宗派の教えとも違うようだった。だが、ひどく魅力のある教えだった。

「江戸にもおれたちの菩薩さまを拝む連中はいるらしいぜ」

と、猿回しは言った。

「どこに？」

「王子の常真寺《じょうしんじ》にいるとは聞いたことがあるがな」

そこを訪ね、あの方と会ったのだった。

——さんじゅあんさま……。

慈悲を体現したあの方の言葉を聞いたとき、俊海は雷に撃たれたようになった。

昔からずっと求めてきたのはこの教えだったのだとも思った。

まりあ菩薩。

さかさ仏。

さんじゅあんさまは、二つの布教の道を示してくれた。

まりあというのは、南蛮の母なる神さまのことではなかったか。まりあ地蔵やまりあ菩薩と呼ばれる仏さまがあるという話は聞いたことがあった。台座の裏などに十字が刻まれてあったりするのだ。だが、さんじゅあんさまが見せてくれたのは、もっと小さな木彫りの像で、なんともやさしげな顔をしていた。

さかさ仏は、寺に置かれてある釈迦像や阿弥陀像などをさかさにして拝むのである。最初は単に仏を冒瀆するように思えたが、さんじゅあんさまによれば、もっと深い意味もあるのだ。像を吊るしたりするのだから、坊主も力が必要な祈りだった。どっちを通っても、神の下に近づくと。そして、自分はさかさ仏の道を選んだのだった。

「お前のその類いまれな力こそ、かならずや役立つ日が来るだろう」

そうも言われた。

その日が来たら、むろん力だろうが、命だろうが、惜しむつもりはない。

いまが人生のうちでいちばん充実している。

ただ、玉助《たますけ》を失ったことだけは痛手だった。芸者の玉助と、それで自分の人生は完璧に充たされるはずだった。

さんじゅあんさまが教える神と、芸者の玉助と、それで自分の人生は完璧に充た

玉助のことをもっと知りたかった。玉助も話したいことはまだまだあったのではないだろうか。

今度、玉助といっしょに来ていた女を訪ねてみようか。

たしか小力《こりき》といったはずだった……。

「わかりました！」

杵屋芝二の家の真ん中に座って、弟子のおくみが大声で言った。

「ここに座ってみてわかりました。何が違っているのか」

「なんだい？」

梅次がじれったそうに訊いた。

「景色が違うんです」

と、おくみは窓の外を指差した。

「景色が？」

意外なものだった。てっきり部屋の中にあるものだと思っていた。窓からの景色

だったとは……。

「あたしがここに座って、師匠のほうを向いたとき、あの木は見えていなかったんです。それが、いまは見えています」

「ということは……この家が動いたんだ！」

梅次が叫んだ。

「家が動く？」

皆、啞然とした。

梅次は外に出て、床下を確かめた。

皆もぞろぞろとついてきている。

「ほら、これは動くぞ」

丸太が五、六本並べられ、その上に平たい石が乗っている。その上に家の土台がつくられている。

いくつかの土台を見ると、いずれもそうなっていた。

「ほんとだ。これなら動きますね」

おくみもうなずいた。

じっさい地面のあとを見ると、半間ばかり動いている。

「なぜ、半間ほど？」

「それはもどして見ればわかるかも」

「家なんか、これくらいの人の数じゃ動きませんよ。人手を集めてきましょう」

しめが立ち上がった。

「しめさん、それは必要ないかも」

梅次は止めた。

「え？」

「おい、弟子たちのうち、いなくなった者はいないかい？」

「あれ、玉次さんと才三さんがいませんね」

おくみが周りを見て言った。

「やっぱりな」

と、梅次は言った。あいつらは、どこかおどおどしているふうだった。

「まさか、二人で？」

「そう。その端のところを見てみな。梃子《てこ》の力を使って、二人で動かしたんだよ」

とりあえず、ここにいる者だけでやってみることにした。

四

根岸肥前守《ひぜんのかみ》は、椀田《わんだ》豪蔵《ごうぞう》と宮尾《みやお》玄四郎《げんしろう》からさかさ仏のことを聞いた。

「仏をひっくり返してさかさ仏とな」

「まったく罰当たりな教えもあったものです」

椀田は憤慨している。

小力がたぶらかされていると思っているのだろう。

「不思議な教えだのう」

根岸は目をつむった。

さかさになった仏を思い浮かべてみた。目の当たりにすれば、それは異様なものかもしれなかった。

むろん何か意味があるに違いない。

「わからぬことだらけだ」

「ええ」

椀田と宮尾もうなずいた。

「今宵あたり駿河台に行って、いろいろ調べてみるつもりだが、わからぬのは仏像《ぶつぞう》庄右衛門《しょうえもん》と俊海とは、はたしてつながるのかどうかということだ」

「仏像つながりということでしょうか？」

と、宮尾が訊いた。

「仏像といっても、庄右衛門が狙うのは宝のように価値がある仏像だけだ。一方のさかさ仏が、ただ逆さかさにするだけだったら、庄右衛門とはつながりそうもない」

「たしかにそうです」

「玉助の死のほうは、さかさ吊りということで間違いなく俊海とはつながるだろう。松の木に遺体をぶら下げるというのは、容易なことではない。だが、海坊主のような大男の俊海なら、そう難しくはなかったかもしれぬ」

「たしかに」

椀田がうなずいた。

「玉助の死因がはっきりしないいま、小力も気をつけたほうがよいかもしれぬな」

根岸は椀田を見て言った。

「なんと……」

「二人は親しくしていた。いっしょにさかさ仏も拝んでいた。この前、小力は札差に拉致されたが、今度は別の者に拉致されるやもしれぬ」

「気をつけさせましょう。おいらも、できるだけ巡回します」

いまにも飛び出して行きそうな顔で言った。

「それと、庄右衛門のことで、別のつながりについても気になることが出てきた」

「別のですか？」

宮尾が訊いた。

「うむ。小伝馬町の牢で、大坂《おおさか》の盗人《ぬすっと》が仏像庄右衛門の子分のむささび双助《そうすけ》というのを知っていると言っていた。だが、なんで京の盗人の顔など知っていたのだ？」

「京と大坂は近いですから」

「だからといって、盗人の顔など知るものか。それでわしはな、ふと同じ牢にいたからではないのかと思ったのさ」

「なるほど」

「そう思ったら、気になって仕方がないのだ。宮尾、伴《とも》をいたせ」

根岸は宮尾をつれて、小伝馬町の牢屋敷へ向かった。

「石出《いしで》を」

牢奉行を呼んだ。

駆けつけた石出帯刀《たてわき》は屋敷のほうへ通そうとする。

「ささ、こちらに」

「茶を飲みに来たのではない。むささび双助を知っていたという男にこの前の話をくわしく訊きたいが、まだいるか？」

「います」

連れて来るというのを、「かまわぬ。わしが行く」と、根岸は牢の前に座った。

「むささび双助とはどこで会った？」

「お恥ずかしい話ですが、あっちのこういうところで」

　やはりそうだった。

「そなたが出るときはまだいたのか？」

「それが、あっしが出るすこし前に出て行ってしまったんです。おかしな話でね。牢内でもずいぶんうわさになりましたよ」

「くわしく話せ」

「はい。だって、あいつはお寺などに入っては、恐ろしく貴重な仏像を盗むのを得意にしてたんです。売れば何百両だの、何千両だのって代物です。十両で首が飛ぶんですぜ。なんであいつが出られるんだと」

「なぜだと思った？」

「これもうわさですがね。どうも、偉い寺だか坊主だかから嘆願が入ったんだと。野郎は牢で親しくなったやつにそんなことを言ってたらしいんです」

「ほう」

　そこまでしか知らない。

　だが、うわさはきわめて重大なことを示唆している。

「御前、おかしな話ですね」

と、宮尾が声をひそめて言った。

「うむ。これはとんでもない企みかもしれぬな」

根岸が硬い顔で言った。


深川の杵屋芝二の家では、三味線の師匠の家には似つかわしくない掛け声が響いている。

「よいしょ」

「こらしょ」

梅次としめ、それに弟子たち数人が二手に分かれて梃子を引くと、ずるずるっという感じで家が動いた。

「動いた」

「あ、あれ」

台座のようなものでふさがっていたが、それがずれたため、穴が現れた。

「地下道か」

深さは二間ほどか。

かんたんな梯子がかかっている。

「おいらが行く」

梅次がいったん下に降りた。小さな扉がある。

「明かりはなくとも大丈夫ですか？」

おくみが上から訊いた。

「とりあえず、大丈夫みてえだ」

扉は引き戸になっている。腰の十手を片手に持ち、扉を強く引いた。意外にかんたんに開いた。

暗いが上からの明かりでぼんやりとは見える。中はそれほど広くない。三畳分を縦に並べた細長い部屋の奥、壁のところに何かある。

「誰か、いるのか？」

「んぐ、んぐ」

おしつぶされたみたいな声がした。

「師匠かい？」

「うむ、うむ」

猿ぐつわでも嵌《は》められているらしい。

ほかには何もないのを確かめると、梅次は近づいた。男がしゃがみこんでいる。

やはり手拭いなどで固く猿ぐつわをされていたのでこれをほどいた。

「ああ、助かったかい」

と、師匠は言った。

「おおい、師匠がいたぜ」

梅次は言いながら、師匠を立たせ、抱きかかえるように出口へ連れていく。

もともと足を怪我していたので二間分を持ち上げるのは大変だったが、どうにか引き上げた。

畳の上に座らせ、茶を一杯飲んでもらってから、梅次が訊いた。

「閉じ込めたのは玉次《たまじ》と才三《さいぞう》ですね？」

「ああ。自分たちだけに秘伝の技を教えて欲しいとぬかしやがった。そんなものはない。ひたすら弾いて弾いて弾きまくるんだと、いくら言ってもわからない。しまいにあたしも、あるけれど言わないなどと言ってしまった」

「ははあ」

取り調べでもそういうことはたまに起きるらしい。やってもいないことを白状してしまったりするのだ。しつこく言われるうちに、面倒になってしまうのだろうか。

「それを教えてくれるまで出さないなんてぬかしやがるから、あっしも飢え死にしたって言うもんかと」

うわさどおりに偏屈な師匠だったらしい。

玉次と才三はたいした悪党ではない。いまごろは自分たちがやったことが露見して、震え上がっているだろう。住まいもわかっているし、ここから先はかんたんなことだった。

「それにしても師匠、ここは変な家ですね」

だいぶ落ち着いてきた杵屋芝二に梅次は言った。

「家が動くなんてまるで忍者屋敷みたいだろ。玉次と才三にこの家の仕掛けを話したら、こんなことをしやがったのさ」

「師匠はもとから知っていたんですか？」

「ああ。これは前の持ち主だった俊海という坊主がこしらえたのさ。この家を買うときに聞いていたさ」

「おいらたちはその俊海のことを調べているうち、ここで師匠がいなくなったという騒ぎに行きあたったんです」

「ああ、そうだったかい」

「なんで俊海はこんな家をつくったんでしょうか？」

「なんでも、そのうち出水が来るらしいよ」

「出水ですか」

「ただの出水じゃない。江戸の町が水の底になるような洪水なんだと。そのときに、一足早く信者たちを避難させるため、船になる家をつくったんだそうだ。箱舟とかいうらしい。それには、選ばれた何人かの人と、いろんな獣まで乗せるんだそうだ」

「獣を？」

「そう。それであいつはいろんな獣に餌づけまでしていたそうだ」

「そうか。それでか」

だから、この家にはいろんな獣が集まってきていたのだ。

それにしても、おかしなことを考えたものである。なんだか遠い昔の物語のような話だった。

「ほら、転がせば、すぐにそこの川まで行けるだろ」

と、杵屋芝二は笑って十間川を指差した。

「でも、売ってしまったらしょうがないですね」

「すさまじい洪水で津波なども押し寄せてくるから高台で船をつくるほうがいいんだとさ。どこの高台なのか」

杵屋芝二はそう言うと、おくみが持ってきたおかゆをうまそうにすすり始めた。

第五章　柳憑き

一

「椀田《わんだ》さまの家に？」

と、小力《こりき》は驚いて訊いた。

ここは小力の家で、椀田豪蔵《ごうぞう》が玄関の上がりがまちに腰を下ろして話していた。

「そう。移ってきなよ。広い家ではないが、あんたが泊まる部屋くらいはある。もちろん、夜中に忍んだりなんてこともしねえ」

あとのほうは照れ臭くて、そっぽを向いて言った。

「ずっと八丁堀に？」

「いや、ずっとじゃねえ。この件が落ち着くまでだ」

それはもちろん、ずっと移ってもらいたい。そのまま、腰を落ち着けてしまってというなりゆきは、当然、期待している。

「八丁堀ねえ」

気乗りしていないのは明らかである。

「ああ。八丁堀ってところは、奉行所の連中だらけの町なんだ。泥棒もヤクザも近づかねえ。あそこより安心なところはねえんだよ」

「そんなことしなくても大丈夫ですよ」

「大丈夫なんかじゃねえ」

この家の小女も、つい数日前、身体の大きな坊主の姿を見かけたことがあるという。

俊海《しゅんかい》は間違いなくこのあたりに近づいてきているのだ。

「でも、八丁堀からお座敷に通うわけには行かないでしょ」

「かまわねえよ、そんなことは」

あのあたりを着飾った芸者が白粉の匂いをぷんぷんさせて行き来していれば、さぞかし目立つだろうし、後ろ指くらいは差されるだろう。八丁堀の新造たちは、長屋の女房並みにうわさ好きである。とくに、いつまでも嫁にいけない姉と、嫁をもらえない弟の家は、周囲から注目されているのだ。

だが、そんなことより小力の身のほうが心配である。

「むろん、行き帰りはおいらが付き添うぜ」

「それは椀田さまがいてくれたら、あたしも心強いけど」

と、にっこり笑う。

「うむ」

椀田は重々しくうなずくが、口がおかしなかたちに曲がっている。笑顔を嚙みしめているのだ。

「考えときますよ」

小力は眉を描きはじめたところで、鏡に顔を近づけ、ていねいに手を動かしている。いちばん大事なところなんだから、黙っててと、身体全体が言っている。

必死の面持ちにも見える。椀田は、化粧など手を抜いても、あんたは素顔で充分きれいだよと言ってあげたい。

だが、こうした女たちの化粧は、自分たちの刀や十手といっしょで、なくてはならないものなのかもしれない。

いまはとても聞く耳はなさそうである。

「じゃあ、考えといてくれ」

椀田豪蔵はそう言って、外に出た。

外に出ると、待っているはずの梅次《うめじ》がいない。

あたりをきょろきょろ見回していると、富岡橋《とみおかばし》のほうから梅次が駆け足でやって来た。

「どうでした、旦那?」

「その気はねえみてえだな」

「だが、あっしも危ないと思いますが」

「まあ、しょうがねえ。できるだけここらをうろうろして、警戒してやるさ」

「そうですか」

「それより、どこかに行ってたのかい?」

「ちょっとそっちの番屋の町役人に声をかけられましてね。なんでも、柳の木の霊みたいなものが取り憑いちまった女がいるんだそうです」

「柳の木の霊だと?」

「近所の料亭で働く仲居なんですがね、ふだんはしゃきしゃき働く女なんですが、その柳の木の下に来ると、急にだらーっとしちまうんだそうです」

「そりゃ、おめえ、川っ縁に休息にでも出てきて、疲れのあまりだらけてしまっただけじゃねえのか」

と、椀田は馬鹿にしたように笑った。

「そんな生やさしいようすじゃねえみてえです。髪の毛なんかも、こうだらぁーっとして、いかにも柳の霊が憑いてしまったみたいらしいですぜ」

「ふうん。じゃあ、見て行こうか？」

こんな話を訊いておいて根岸に報告しなかったら、叱られることはなくても、勘が悪いと思われるかもしれない。

「ええ。すぐそこですから」

たしかに小力の家からせいぜい二十間（約三十六メートル）ほどしか離れていない。

堀沿いである。それほど大きな木ではない。が、幹が堀のほうに斜めに伸び、垂れた枝葉が水面をおおうようになっている。

柳の木は桜や楓のようにすっかり枯れたりはしないが、それでも枯れ葉を散らしてだいぶすかすかしてきている。それがかすかな風になびいているさまは、樹木というよりどこか生きものめいた感じがする。

「なるほど、出そうだな」

椀田は柳を見上げ、ぶるっと震えた。

椀田と梅次が立っていると、ちょうど近くに舟を着けた船頭二人が、こっちの柳を指差しながら話をはじめた。

「これだよ、祟るっていう柳は」

「へえ」

「だいたい、柳の木というのは、そういう力はあるのかもしれねえな。だから、柳の木の下に幽霊がよく出るのかな」

「幽霊がよく出るか？」

「出るだろ？」

「出るのは幽霊じゃなくてドジョウだろ。柳の木の下にドジョウは二匹出ないって。あ、出ないのか」

「おめえ、何、言ってんだ？」

くだらない話で、わきで聞いていた椀田も思わず笑ってしまった。

「あ、うわさをすれば、おさよちゃんじゃねえか」

片方が顎をしゃくった。

女が一人、ちょっとぼんやりした足取りでやって来た。二十四、五くらいの痩せた女である。

柳の木の下まで来て、片手を幹にかけると、ため息をついた。髪は洗い髪を束ねただけで結ってはいない。前髪あたりが顔にかかり、うつむいたりすると、いかにも柳の木の下の幽霊みたいである。

椀田が見ても、このようすは心配である。ちょっとただごとではない。

「大丈夫か、おさよちゃん」

船頭の片割れが声をかけた。

「あ、はい」

「医者に診てもらったりはしたのかい？」

「医者に……」

「医者よりお祓いかな？」

「はあ……」

まるで返事にはならない。

しばらく柳の幹に寄りかかるようにしていたが、ふいにハッとした顔をすると、急いで来たほうにもどって行った。

二

「そうか、小力は八丁堀は嫌みたいか」

根岸は箸を動かしながら言った。

椀田が今日の報告にやって来たのだ。梅次は奉行所には寄らず、まっすぐ神楽坂にもどっている。

いまから夕飯を食べようというときで、椀田と宮尾《みやお》もお相伴にあずかることになった。もっとも根岸の食事はまるで贅沢なものではない。この夜もカレイの干物に野菜の煮つけがついたくらいのおかずである。

「ええ。ぴんと来ていないのかもしれませんね」

「堅苦しいのだろうな。深川から八丁堀では」

「そんなもんでしょうか」

椀田はもちろん八丁堀で生まれ育った。あそこの雰囲気しか知らない。どこかで堅苦しさが身についてしまったのかもしれない。

宮尾が、まさにあそこは堅苦しいというように大きくうなずいた。

「それと、あのあたりにもう一つ、変な話がありました」

「なにかな？」

「柳の木の霊がついたというのです」

「柳の木とな」

根岸の大きな耳がぴくりと動いた。興味を持ったしるしである。

木の霊の話は『耳袋』にもいくつも出てくる。

「柳の話というのは書いたことがあったかな？」

根岸が宮尾に訊いた。

「なかったかもしれません」

と、宮尾が首を横に振った。

「いかにも出そうなのにな」

「おいらも柳の木を見て、そう思いました」

椀田は顔をしかめて言った。

「薬効も強いぞ」

「そうなので？」

「お釈迦さまはいつも柳の木を削ってつくったつまようじを咥《くわ》えていたという話もある。そうすると、頭痛や歯痛がやわらいだらしいな」

「へえ」

ちなみに解熱剤や鎮痛剤として知られるアスピリンは、当初、柳の樹皮から抽出してつくられていた。さすがにお釈迦さまというべきか。

「あるいは、柳そのものではなく、根のところに埋まっているものが問題なのかもしれぬぞ。柳の木なんぞ、あのあたりにはいくらでもあるのだからな」

「ああ、そういう話は御前《ごぜん》が書かれてましたね」

宮尾はうなずいた。

『耳袋』に、「樹木、ものによって光耀《こうよう》あること」と題されて書かれた話である。

本所の御船蔵の裏手あたりには、植木屋が数多く軒を並べていた。

ある日、家来を連れた老人がこの植木屋街を眺め歩いていたが、一つの古い石盆に松が植えられているのを見て、ふと足を止めた。

「これはいかほどいたす？」

「この松でございますな」

店のあるじは客の身なりや家来を連れ歩いているところなどを見て、かなり懐が豊かだろうと判断したのだろう。目いっぱい高いところを言った。

「それは高い。それでは出せぬな」

老人はそう言って立ち去った。

だが、次の日にふたたびやって来ると、

「どうだろう。もうすこしまからぬものかな」

と、諦めきれないようすである。

あるじもこれは最初の値で売れると踏んだらしく、

「いや。この松はまけられませぬ」

首を横に振った。

そんなことが何度かあったが、店のあるじはその松をよくよく眺めると、どうもそれほどの松には思えない。枝ぶりもたいしたことはないし、手入れもなおざりにしてきた。

——もうすこし見栄えをよくして、あの値で買う決心をさせてやるか。

あるじはそう考え、立派な石盆に植え替えることにした。

その作業をしていると、古い石盆から一匹のガマガエルが出てきたではないか。

「こんなものがいるとは」

と、それを放り捨て、ずいぶん見栄えもよくなったと満足した。

——今度はもっと高値でも手を打つことだろう。

おおいに期待して、次の来訪を待ったのである。

さて、当の老人がまたしてもやって来た。

「この前の松を見せていただきたい」

「あ、どうぞ、どうぞ。こっちに移しておきましたので」

いそいそと案内した。

「さ、これでございますよ」

植え替えた松を指差すと、

「これは、なんと……」

老人の顔に落胆が走った。

「なにゆえにこんなことを。もしかして、松の根っこから出てきたものがあったはず。こんなことをしてしまったら、一銭でも買う気はないわ」

そう言って、店をあとにした。

その当人、原なにがしから聞いた話である。

「とすると、柳の根元にも？」

と、椀田は訊いた。

「いや、それはわからぬ。ただ、その柳の話は面白そうじゃ。忙しいだろうが、ちと、気に止めておいてくれ」

根岸はそう言って、急いで食後の茶をすすると、表の奉行所のほうへ引き返して行った。

三

「たいしたものよのう」

仏像庄右衛門《しょうえもん》は感嘆の声を上げた。

広尾原《ひろおはら》と呼ばれる丘陵である。麻布から渋谷川を越えて南に来ると、人家は途絶え、草原が広がっている。

ここでむささび双助《そうすけ》と手下たちが、梯子を使った空中の術の稽古に励んでいた。

いちばん上に張られた綱だと十間（約十八メートル）ほどの高さがある。そこにぶら下がっていた男がするすると地上に降り、下に置いたこけしを懐に入れると、ふたたび宙にもどる。このときは、背中につけた命綱を左右の梯子の上にいた仲間が引っ張ると同時に、自分でももう一本の命綱を引く。

計三人の男の力が合わされるから、あっという間にいちばん上までもどる。綱は丈夫な糸を縒《よ》ってつくったもので、意外に細く目立たない。しかも、黒く塗られていて、夜はほとんど見えない。

庄右衛門が小伝馬町の牢屋敷から消えた技も、これを応用した。ただ、このような稽古を積んでおらず、引っ張るほうも大変だったはずである。

「よし、次」

双助が声をかけた。すぐに次の子分が同じ動きをする。

下で見ていると、惚れ惚れするほどだった。

空中の術は、もともと庄右衛門が盗みに使い始めた技である。闇夜に綱を何本も張りめぐらせて、それをよじ登ったり、降りたりしながら、盗みを働き、闇夜へと消える。

ただ、庄右衛門の空中の術は梯子を使わない。近くの木や家から綱を張りめぐらせておくだけである。その綱の張り方が大変だった。

ところが、梯子という持ち運びが可能なものから縄を張るなら、どこからでも張りめぐらせるのである。しかも暗くなってからでもできるため、侵入する時間さえどうにでもなる。

梯子は逃走にも使うことができる。これで寺の中を横切ったり、民家の屋根を走ったりして、追手を撒いてしまう。

本当に素晴らしい工夫だった。

「梯子をここまで使い切るとはのう」

「若いときに鳶《とび》で梯子乗りをしたことがありましたので」

「そうだったかい」

「だが、なによりお頭の工夫があったからこそです」

双助は謙虚なことを言った。

若いときはもっと生意気なところがあったが、そのあたりも練れてきたのだ。

そして今日は、このところ考えていたことをいよいよ打ち明けようと思った。

「こうなると、むささび双助という綽名《あだな》も、ちと軽々しく感じられるほどだな」

「あっしなんざその程度で」

「いや。わしは思ったのだが、二代目仏像庄右衛門を名乗ってもらえたら、こんなに嬉しいことはないのだが」

「二代目、仏像庄右衛門……」

双助はまぶしげな顔をした。

だが、それは庄右衛門にとっても嬉しいことだった。自分の名が後世へと伝えられていく。自分の代では叶わなかったなにかが、次の代、あるいは次の次の代で叶えられるのかもしれない。

庄右衛門は自分の子どもを得ることはなかったが、子どもなどよりずっとそちらのほうが嬉しいような気がした。

「決心してくれたらわしはすぐに、いろんなところに書状をまわす」

「だが、それではお頭が」

「わしは遠からずもう一度、捕まる。そんな気がする」

「そんな……」

「考えてみてくれ」

「はい」

本当に双助はよくぞ、江戸に出てきてくれたものである。

それはまさに、絶妙の機会だった。天が機を見計らってくれたように思えるほどだった。

——わしはやはり運がいい。

仏像庄右衛門は、おのれの運のよさに感謝したくなっていた。

四

「どうしたんだ、小力」

椀田は小力の肩に手をかけ、軽く揺すった。

だが、反応はない。目はうつろで、身体の力が抜けたみたいにだらぁっとしている。

柳の木の下である。おさよが祟られたというあの柳の木の下で、今度は小力が同じようになっているのだった。

小力のところの小女が泣きそうになって、椀田の袖を摑んでいる。

「いつからこんなふうになったんだ?」

「最初は昨日の夜です。お座敷の帰りにここを通りかかったら、小力姐さんは急に立ち止まり、ぼんやりしてしまいました。あたしが何度も呼びかけるうちに、ふっと我に返ったみたいになって家にもどったのです」

「それで、また、今日もここに来たのか?」

「はい。ちょっと煙草を切らしているから買ってくると出たのですが、いつまでももどらないのでおかしいなと、ここに来てみたら小力姐さんがこんなふうになっていて」

小女は慌てて番屋に駆け込み、椀田に来てくれるよう頼んだのだった。

すでに野次馬も集まっていた。声も聞こえてくる。

「おい、あれは芸者の小力だろ」

「小力がおさよみてえになっちまったのかい」

「やっぱり祟るんだな、この木は」

そのうち野次馬の中の女が、

「なんだかあたしも重苦しい気持ちになってきちまったよ」

などと言い出す始末である。

番屋からは町役人も二人、番太郎とともにやって来た。

「やっぱりここには何かいるんだね」

「そうだな」

「この木を切って、別の木を植えるか」

「それがいいよ。ここらは桜があまりないから、桜にしよう。ずいぶん育ちの速い品種の桜も出てきているらしいから」

町役人同士でそんな話もはじまった。

椀田は、いつになるかわからぬ話より、小力を家にもどしたい。

「しょうがねえな」

小力をひょいと横抱きにすると、

「ほら、どいてくれ」

野次馬をかきわけた。

だが、玄関に入る前には、小力の目に力がもどって、

「椀田さま、何をなさってるの？」

ぽっと顔を赤らめる。

椀田もまた、自分は昼日中になにをしているのだという気持ちになって、

「いや、あの、柳の霊が……」

しどろもどろで赤面するばかりだった。


執務中に報せがきたので駆け出して行ったが、椀田豪蔵はまた奉行所にもどって来ると、すぐに根岸《ねぎし》に報告した。

「なんと、小力までもか？」

これには根岸も驚いた。

「ええ。小力はあのあたりでも皆に知られていますから、町役人たちもこれは放っておけないと、結局、いまから人手を集めて掘り返すことになりました」

「どれ、わしも見に行くぞ」

根岸は立ち上がった。

「え、お奉行も？」

「柳の霊の正体が見られるかもしれぬではないか」

宮尾を伴って、三人で深川へと向かった。

「あ、あれです」

椀田が堀沿いを指差した。すでに五人ほどの男たちが鍬で柳の周囲を掘りはじめていた。

そのわきにいた町役人二人は根岸の顔を知っていたらしく、慌てて挨拶に来た。

だが、根岸は堅苦しい挨拶を好まない。

「そんなことより、柳の謎だ」

と、木の根元に注意を向けさせた。

番太郎が追い払うので野次馬は多くない。ただ、おさよが自分の気を変にしたものの正体が知りたいのか、すこし離れたあたりからじっとなりゆきを見守っている。そればかりでなく、小力もまた、家の前からこっちを見つめているではないか。

幹はすでに切り倒されている。いまは根っこのほうを掘り出しているところである。

「柳ってのは見た目はなよなよしてるけど、根っこは意外に固くしっかりしてるのだ。ほら、よく張ってるだろう」

と、根岸が言った。

「お奉行はどうして柳の根っこのことなどご存じなので？」

椀田が不思議そうに訊いた。

「うむ。そう長くはなかったが、若いときに植木屋の手伝いをしたことがあるのだ。お濠端にはわしの植えた松がまだ何本か残っているよ」

「植木屋の……」

椀田は呆れたように根岸を見た。おそらく嘘ではない。根岸は樹木のことにかなりくわしい。この前も、枇杷《びわ》の種のことで気の長い悪党の正体を見抜いたりした。

根っこはだいぶぐらぐらしはじめた。もうすぐ引っ張り出せそうである。

「おい、なんか出てきたぜ。何だ、こりゃ」

掘っていた男が大きな声を出した。

根岸が足早に近づいた。

白い壺が見えた。両手で持てば見えなくなるくらいの小さな壺である。

「骨壺だな」

と、根岸が言った。

「げっ、これのせいですか」

「やっぱり霊がつくってえのは本当だったんですね」

町役人たちはおぞましそうに顔をしかめた。

だが、宮尾は別のことを心配した。

「御前。これにはまさか悪事もからんでいるのでは？」

「さあ、それは調べてみないとわからぬな」

根岸も眉をひそめている。

そのとき、離れて見ていたおさよが駆け寄ってきた。

「これは、あたしが供養します」

「なんで、おめえが？」

と、町役人が訊いた。

「あたしの子なんです。生まれてすぐに死んでしまったんです」

おさよは骨壺を抱きしめながら言った。

「なんだって」

周りにいた者はみな、互いに顔を見合わせた。

「ここんとこ、この子が掘り出してもらいたいと言っているようで」

「そなたが埋めたのか？」

と、根岸が訊いた。

「はい」

「なぜ、こんなところに埋めたのだな？」

「この子のおとっつぁんが船頭で、この船着き場で仕事をしてたからです。あたしがあんまり面倒を見られないんで、寂しいとかわいそうだから」

「おとっつぁんはまだいるのか？」

「いいえ。これを埋めてから一年ほどして、どこかに行ってしまいました。それで、あたしはすぐ近くの料亭で働くようになったのですが、三回忌が近づいたらなんだかこの子が寂しがっているように思えて」

「それで、霊が憑いたみたいなふりをしたんだな？」

根岸が訊いた。咎める口調ではない。

「申し訳ありません。自分でも何度か掘り出そうとはしたのですが、正確な場所がわからなくなっていたり、根っこが張っていたりして、しかも、番屋の人からも叱られて……。それで祟りがある木にすれば、誰かが掘り返してくれるだろうと思ったのです」

「なるほど。うまくことが運んだものよのう。では、供養してやるがよい」

「はい」

おさよが骨壺を持ち替えようとしたときである。手が滑ったか、骨壺がころっと倒れ、蓋が取れた。中から白い骨がこぼれ出るかと思えば、くるみが数個、ころころと転がり出ただけだった。

「なんだ？　骨なんざ入ってないぞ」

椀田が素っ頓狂な声をあげた。

五

「あ、あたしの子どもは？　どこに行ってしまったんですか！」

おさよは泣き喚くばかりだった。

根岸はそのようすをしばらく見ていたが、

「もしかしたら……」

と、つぶやいた。

それから、うずくまって泣くおさよのそばに行き、話しかけた。

「なあ、おさよ。静かに聞くんだ。わしは、南町奉行の根岸肥前守《ひぜんのかみ》という者だ」

「お奉行さま……大耳の？」

おさよが顔を上げた。うわさは聞いていたらしい。

「そうじゃ。わしがそなたの子を取り返してやるぞ」

「ほんとですか？」

「約束する。だから、まず、そなたが子どもを産んだときに、赤子を取り上げた産婆の名を教えよ。どうじゃ、覚えているだろう？」

「はい。霊岸島《れいがんじま》の北新堀町《きたしんぼりちょう》に住むおいせさんという人でした」

「ああ、おいせか。それは好都合じゃ」

根岸は椀田におさよが落ち着くまで付き添ってやるよう命じ、宮尾をつれてその産婆に会いに行くことにした。

「御前。おいせという産婆はご存じなのですか？」

と、歩きながら宮尾は訊いた。

「よく知っている。そなたも会ったではないか」

「え？」

「ほれ。色がおかしく見えるという旗本の一件で、八十過ぎてもまだ元気でやっている産婆に会いにいったではないか」

「あ、あの婆さんでしたか。あのときは椀田がいっしょで、まかせっきりにしていたから、名前も忘れてしまっていました」

訪ねると、ちょうど患者のところからもどったばかりだという。

「おや、根岸さま。わざわざ、なんでしょう？」

見かけは八十過ぎにふさわしいが、身体の動きはてきぱきしている。すぐに茶を入れ、菓子といっしょに出してくれた。

「ちと、思い出してもらいたいことがあってな」

「何年前の話でしょう。七十年くらい前までは覚えているのですが、それより前になると、すこしぼんやりしていまして」

すごいことをさらりと言う。

「いや、三回忌が近い死産した子どものことでな」

「それくらいなら大丈夫でしょう」

「名をおさよと言ってな、いまは深川の料亭で仲居をしているのだが、二年前にあんたのところで死産してしまったそうだ」

「ああ、はい。おさよはよく覚えています。あたしのところには二度、かかりましたから」

「二度？」

根岸は不思議そうな顔をした。

「ええ。でも、なんでまた、いまごろおさよのことを？」

「うむ。じつはさ……」

柳の霊がついて、木を掘り起こすと骨壺が現れ、しかも中身は骨ではなく、くるみだったことを告げた。

「そうなんです。そのくるみはあたしが入れたのですから」

と、おいせはつらそうな顔になって言った。

「そうだったか」

根岸はうなずいた。

だが、宮尾は訳がわからなくなったというように首をかしげた。その宮尾に、

「たしか、この前、あんたが来たときにも話さなかったかね。人間にはおかしな病気がいっぱいあって、孕《はら》んでもいないのにお腹が大きくなる女のことを」

「ああ。聞きましたね。いざ生まれるというとき、腹から風がぶぁーっと吹いて消えた。ふくらんだお腹はしぼみ、赤ん坊の姿など影もかたちもなかったって」

「それが、おさよのことなんだよ」

「えっ」

「おさよはたまに見かける船頭のことが好きみたいだった。でも、たぶん船頭は相手にしていないというより、おさよの思いに気づいてもいなかっただろうね」

「じゃあ、何もないまま？」

「そう。もちろんおさよは船頭と男女の仲になって、子どもも欲しかったんだろうよ。その強い願いが、できてもいない赤子を身ごもらせたんだろうね」

「驚きますね」

宮尾はそう言って、しばし呆然としてしまった。

「捨てられた女になるしか、おさよは男を諦めきれなかったのだろうな」

根岸がそう言うと、産婆のおいせもうなずいた。

「あたしもあのときそう思いました。可哀そうでね、それで、つい嘘の骨壺を与えてしまったのです」

意外ななりゆきに呆然としていた宮尾が、

「あ」

と、顔をしかめた。

「どういたした？」

「御前。先ほどおさよに子どもを取り返すと約束なさいましたよ」

「ああ、したよ」

「どうなさいますか？」

「それさ。おそらくおさよにいま、本当のことを言い聞かせても、その事実を受け入れようとはしないだろうな。しかも、それであの娘は幸せになるかというと、もっとひどい気持ちになってしまうだろう」

根岸がそう言うと、わきでおいせもうなずいた。

「では？」

「このまま、もうすこし、信じさせてやったほうがよい。固そうな木の枝でも焼いて砕いてから骨壺に入れ、持っていくといいさ。前のは産婆が間違えたとでも言ってな」

「でも、御前、それをおさよが信じますかね」

「もちろん、おさよも心のどこかではわかっているのさ。だから、中身を確かめたりもするまい。ただ、その嘘にしがみつかなければ、生きていけないのではないかな」

「哀れですね」

宮尾はため息をついた。

「哀れなのさ、人は。みんな、どれだけの嘘っぱちにしがみついて生きているか。わしだって怪しいものだぞ」

「お奉行には、そういうことはないでしょうが」

と、宮尾は笑った。

根岸と宮尾は深川にもどると、だいぶ落ち着いていたおさよに固い炭が入った骨壺を渡した。おさよはそれを静かな表情で受け取り、中身を確かめたりもせず、寺に預けると告げた。

どういうことかといぶかしむ椀田に、根岸がそっとさっきの話を伝えると、

「では、霊なんかいなかったんですね」

「そういうことだな」

「じゃあ、小力に取り憑いたのは何だったのでしょう？」

「霊など取り憑いておらぬさ」

「そんな……」

椀田は納得できない。

根岸が直接、小力と会うことにした。

「小力。そなたはおさよがしようとしていることがわかったのだろう？」

根岸の問いに、

「はい。お騒がせして申し訳ありませんでした」

と、素直に詫びた。

「おさよから聞いていたのか？」

「そうです。あの料亭でお座敷がかかったとき、仲居をしていたおさよさんから聞きました。子どもの骨を入れた壺をあの柳の下に埋めたんだって」

「子どもの骨をな」

根岸はうなずいた。小力には、骨などもともとなかったことを告げるつもりはない。

「おさよさんの気持ちが痛いほどわかりました」

「それはなぜじゃ？」

根岸の問いに小力はしばらく沈黙した。唇をきゅっと結び、視線を逸らし、遠くを見るような目になった。それから意を決したように、

「あたしも同じ体験をしてるからです」

と、つらそうに言った。

「ほう。そなたにも子どもがいたのか？」

「十四でできた子どもでした。でも、三歳のときに亡くなったのです。やまいが手遅れになりました。もっと早くに医者へ連れていったりしてたら、死なずにすんだと思います」

「それはどうかな」

「いえ、あたしが馬鹿だったからですよ。ちっとも子どもの面倒をみてやることができなかったんです。つらくて逃げていたんです。それどころか、あの子を疎んじるようなことだってしたんですよ。何も罪のないあの子を」

大粒の涙が小力の目からあふれはじめた。

「うちの田舎じゃさかさ仏って言うんです。子が親より早く死ぬことを」

「さかさ仏……」

根岸は思い出した。俊海のさかさ仏のことを聞いたとき、どこかで耳にした覚えがあった。それが、このさかさ仏だったのだ。

どこでもそう言うわけではない。奥州や武州の一部などで使われている言葉だったはずである。

「だから、俊海さんのさかさ仏を見たときに、これはわたしが拝まなければいけないものだと思ったんです」

小力はそう言って、畳に突っ伏して激しく泣いた。

「なるほどな。それでおさよにも同情し、霊に取り憑かれた芝居をして見せたか」

「はい。みんなをたぶらかしたりして、申し訳ありませんでした」

根岸はつらそうな顔をしたが、

「小力。そなたが、亡くなった子のことをそうやって弔う気持ちがあるのはよい心がけだと思う。ただな、あまり自分を責めてはいかんぞ」

「でも、あたしが馬鹿だったからあの子が死んだのはたしかなんです」

「なあ、小力。子どもを育てるというのは容易なことではないのだ。それには持って生まれた才覚のようなものが必要だったりするし、まわりの手助けもなくてはならない。家族は近くにいたのか？」

「いいえ」

「亭主は？」

「…………」

答えずに首を激しく横に振った。

「人の子は、犬猫と違って手がかかるよな」

「はい。かかりました。身体も弱くて、泣いてばかりいて。いま思えば、泣く理由があったから泣いていたのに、泣くんじゃないと、また怒ったりして」

「ましてや、そなたは十四で母になった。まだ、自分が子どもで、立派な母になんぞなれるわけがない。助けてもらえなかったそなたもかわいそうなのだ。だから、そんなに自分を責めるな。よいな」

根岸は自分も身体を折って、泣きじゃくる小力の耳元に一生懸命ささやきかけるように言った。

「ありがとうございます」

小力はうなずいたが、まだしばらくは泣きじゃくった。

このやりとりを耳にして、椀田は思わず背を向けた。嗚咽《おえつ》を止められなくなったからである。

小力がさかさ仏について口にしたくなかった理由も、ようやくわかった気がした。それは小力のつらく悲しい過去と強くつながっていることだったからだ。

薄幸の女が好き。椀田は、しばしば口にしてきたことだった。薄幸という言葉に、甘く切ないものを感じてきたからだ。

じつにたわけた妄言だった。

不幸はどうしようもなく重く、悲しいものだった。

だが、不幸を背負い、いまはそれに打ちひしがれている小力が、たまらなくいとしいこともまた事実なのだった。

六

数日後——。

小力は八丁堀の椀田の家に来ていた。

「まだ、わからないことが多すぎるし、あんたの身に危険が及ぶことも考えられる。これ以上、犠牲者は出したくない。しばらく安全なところに入っていてもらえぬか」

という根岸の頼みに応じたのだった。

ここなら、小力を始末しようとする者の手から守るのは楽である。

ただ、ひびきと小力がどんなことになるか、それだけが不安だった。

最初に泊まった日の朝――。

ひびきはさっそく声を低めて言った。小力はまだ、別の部屋で朝寝をむさぼっている。

「豪蔵。あの娘には驚いたよ」

昨夜は、椀田が少々遅くなったのでひびきと小力は二人きりで過ごした。そのときの話らしい。

「ああ」

「唄をうたいながらご飯を食べるんだよ」

お座敷ならそんなことは当たり前だったりする。

「しかも、お酒が欲しいときた」

「そういう商売だからな」

「悪いけど断わったよ」

「それでかまわないとも」

「行儀はまったくなっちゃいないよ」

「だろうな」

「物売りがきたら、それをからかって遊んだりもするんだよ」

「ふうん」

「どういう育ちなんだろう？」

「そりゃあ武士のしつけとは違うもの」

「ああいう娘は八丁堀にはいないね」

と、ひびきは疲れたように言った。

あの娘をうちに入れると言ったら、ひびきはいったいどんな顔をするのか。怒るのか、泣きわめくのか。「目を覚ませ」と、両親の仏壇でもぶつけられそうな気がする。椀田はいささか恐ろしくなった。

やがて小力が起き出してきたので、椀田は出仕する前にすこし話をすることにした。

「寝心地が悪かったりしたら、遠慮なく言ってくれよ」

「それは大丈夫です。ひびきさまが気を使ってくれましたから」

「うむ」

そういう気づかいに関してなら、ひびきは完璧にやってくれそうだった。

「ねえ、椀田さま。もしかして、わたしたちが拝んでいたのは、御仏ではなかったのでしょうか？」

「そりゃあそうさ。だいたいが、あんな罰《ばち》当たりなことをして、何のご利益がある

「というのか」

「でも、御仏をさかさにする、そうすることで、これまでご利益のなかった人たち、仏さまの目が届かなかった人たちにまで、慈悲が与えられると。上からではなく、下からも光が当たるのだと」

「ほう」

「そうすると、この世に生まれずに死んでしまった子や、幼くして死んだ子どもたちも救われるのだと」

「俊海はそう言ったのだな」

「はい、そう言ってくださいました。それであたしのほうも、どんなに救われたことか。だから、俊海さんの教えは、すこし変わっていたかもしれませんが、あたしは罰当たりだとか、出鱈目だとかは思いたくありません」

「ううむ」

さかさ仏。

それは奇妙な祈りだが、小力にとってはたしかに救いだった。

ふと、思い浮かんだことがあった。

「もしかしたら、玉助にもそうした体験があったんじゃねえのか？」

「はい。ありました」

「やっぱりそうかい」

「玉助姐さんもよちよち歩きの子どもを亡くしています。ちょっと目を離した隙に、小名木川《おなぎがわ》に落ちて溺れたんだそうです」

「そうだったかい」

「あたしと同じく武州の在の出で、早くから江戸に出てきたため、親とは縁が切れたようになっていました。たぶん、売られてきたんだと思います」

「なるほどな」

似た者同士、腹蔵なく話し合ったりできたのだろう。

「椀田さまは殺されたと思うんですか？」

「だって、吊るすか？」

「あれはやはり、俊海さんが吊るしてあげたんだと思います」

「吊るしてあげた？」

「はい。供養だったんじゃないでしょうか。さかさ仏にしてあげたんです。小名木川のほとりで。玉助姐さんは、俊海さんのことが好きだったんです。ちょっとうさん臭いところはあるけど、根はいい人だ。ものごとに一生懸命になるところがかわいらしくさえ見える。そんなふうに言ってたんです。俊海さんのほうでも、近ごろは玉助姐さんのことが好きになっていたような気がします」

「なるほどな」

たしかにそうかもしれなかった。
裾は乱れないよう、足元で縛られていたし、着衣の乱れもなかった。ひたすら美しくあるよう、ちゃんと配慮されていた……。

「じゃあ、なんで死んだんだ？」

「あたしはもしかしたら急な病いだったんじゃないかと」

「病いか」

「ときどき胸が苦しくなるんだって言ってました。あたし、それは気持ちのことかと思っていたんです。あたしもそういう気持ちになるときがあるので。でも、もしかしたら心ノ臓が弱っていたのかもしれません」

「………」

では、俊海らしき坊主が小力の家の周辺に姿を見せていたのはなんなのか。

まだ、油断はできない。

「あたし、玉助姐さんの立派なお墓をつくってやる。俊海さんはお墓なんか無駄だと言って、あたしもほんとにそうだと思ったけど、もうやけくそだから、とびきり立派なお墓をつくってやる」

小力はそう言った。

「金がいるぜ」

すると、小力は笑って言った。

「白銀屋さんからたっぷりいただいたから」

「え？」

「あたしを拉致したことの口止め料としてもらったんですよ」

小力は嬉しそうに言って、朝の化粧にとりかかった。

――そういうこともやってしまうのか、この女は……。

椀田は内心驚き、愛らしい横顔をそっと、だが、しみじみと眺めたものだった。

七

天長寺の盗みから半月ほど経とうとしていた。評定所などでも、

「仏像庄右衛門はあれで町方にひと泡吹かせた気持ちになり、江戸を脱出したのではないか」

と見る意見も出はじめていた。

だが、根岸の見方は違った。

「わしらを嘲笑しようという気持ちはもちろんあるだろう。だが、それだけではない。庄右衛門は仏像を盗むことをやめられぬ。それは、おそらく庄右衛門のやむに

やまれぬ思いなのだ」

奉行所の裏手の私邸で、根岸は椀田と宮尾を前にしてそう言った。

「仏像を盗むことがですか？」

宮尾は不思議そうに訊いた。

「そう。庄右衛門は仏像とか仏画しか盗まぬ。それもいいものだけ。強いこだわりがあるのだ。仏像を盗むことが、なにかあいつの心の飢えを充たすのかもしれぬ」

「まだ、充たしきれていないと？」

「心はずっと充たされないだろうな。でなければ、百も二百も盗まぬ。もしかしたら、自分でも気がついているのかもしれぬな」

「わたしにはよくわからない話です」

と、宮尾は首をかしげた。

「ですが、いまのままでは、庄右衛門の先回りはできません。次の予測が難しく、やはり江戸の寺の数が多すぎます」

と、椀田が言った。

「いや、わしは俊海のおかげでだいぶ狭まってきたような気がしているのだ」

「俊海のおかげで？」

「そうじゃ。梅次としめが探り当てた俊海の元の家だが、船のつくりになっていた。

それは、洪水を恐れてのことだったらしい」

「洪水を?」

「そこらをいろいろ調べてみたのだが、どうも切支丹の伝説にそうした話があるらしい。神の怒りに触れ、地上はすさまじい洪水に襲われる。そのとき、箱舟に避難した人や生きものが、洗い流されたあとの大地に降りて、新たな世界をつくりはじめるというのさ」

「へえ」

根岸はこのところしばしば駿河台の書斎にこもったり、奉行所の記録を当たったりしていた。また、何人かの学者を呼び、いろいろ話を聞いた。もっぱら、切支丹について調べていたのである。

「さらに、さかさ仏も切支丹と関わりがあるような気がする」

「さかさ仏も?」

椀田と宮尾は顔を見合わせた。

「切支丹の中にも反逆者はいる。そうした連中は、彼らが拝む十字架をさかさにして拝んだりするらしい。それは、さかさ十字と呼ばれる」

「なんと」

「さかさ仏を、小力たちは親より先に死んだ子という意味で受け取っている。むろん、そういう意味もある。だが、俊海のさかさ仏は、仏への反逆を意味しているのではないか。とすれば、切支丹である疑いは強まるわな」

「お奉行。もしかして、闇の者がかかわっているのですか？」

と、椀田が訊いた。

これまでのいくつかの事件で明らかになってきたのだが、闇の者たちの中に、切支丹の姿が見え隠れしているのは確かだった。

ハライソという言葉もすでに出ていた。切支丹が言うところの天国のことである。

腕に十字架の刺青をした者もいた。

「わしは安易に隠れ切支丹を持ち出したくはないのだがな」

根岸は眉をひそめた。

「ですが、御前、隠れ切支丹などというのは、九州の僻地にひっそりと住んでいるだけなのでは？」

と、宮尾が訊いた。

「ところがな、江戸の中心ではなかなか確かめにくいのだが、武州《ぶしゆう》の在まで行くとじつはかなりいるのではないかと、ひそかに囁かれているのさ」

「武州にですって？」

椀田が思わず大声を上げた。

武州と言えば、江戸とその近辺ではないか。いくらでも出入りのできるところである。

「そう。道端の祠《ほこら》におさめられたお地蔵さまをよく眺めてみる。いかにもやさしげな顔をしている。だが、この地蔵をひっくり返すと、目立たないところに十字架が刻まれてあったりするのだ」

「なんと」

「まりあ地蔵と呼ばれるものらしいな」

それは評定所の話し合いでも何度か話題になったことがある。

かつて武州の治水に尽力した関東郡代の伊奈家《いなけ》の代々が切支丹に同情的で、その下で多くの切支丹武士が働いたという。武州一円に隠れ切支丹が残ったのも、それに一因があったらしい。

「あわれなものさ」

と、根岸は静かな声で言った。

「え？」

「人は祈るしかできないときがある。その祈る対象もそれぞれだろうに」

それ以上は言わない。

いかに根岸とはいえ、それ以上、踏み込めば、禁忌に触れる。

「だが、そうした者がすべて闇の者となるわけではあるまい。どういうつながりがあるのか、さて……」

「それには、生かしたまま闇の者を捕まえなければなりませんね」

と、宮尾が言った。

だが、死ぬ覚悟ができた者を生かしたまま捕まえるのは容易ではない。生かそうとして逆にこっちがやられることがある。

いままでも何度も失敗してきていた。

「お奉行。話がわからなくなってきました。俊海がじつは隠れ切支丹かもしれないというのは本当だとします。だが、それが庄右衛門とどうつながるのですか？」

と、椀田が訊いた。

「まず、俊海がうろうろしていた天長寺に、庄右衛門が盗みに入ったというつながりはあるわな」

「ええ。ですが、それはただの偶然かもしれませんよ」

「いや、違う。天長寺の盗まれた仏は、住職ですらたいしたものとは思っていなかった。だが、俊海だけはあれはいいものだと思っていたというのだろう？」

「はい」

椀田たちが根岸に報告した話だが、たいして意味のあることとは思っていなかったのだ。

「それが庄右衛門たちに伝わったとも考えられる」

「ですが、俊海と仏像庄右衛門とはどう結びつくので?」

「それさ。もともと知り合いだったとかいろいろ考えられるが、わしは直接、つながるのではないような気がしてきたのさ。つまりな、俊海をあやつっている者、庄右衛門をあやつっている者、これが結びついていたら、何も俊海と庄右衛門は直接つながっていなくてもよいではないか」

「えっ」

椀田と宮尾は啞然としている。

「庄右衛門があやつられているんですか?」

宮尾がかすれた声で訊いた。

「宮尾。そなた、わしといっしょに双助のことを訊きに行ったではないか」

「あっ」

「双助は本来、大坂で死罪になるはずだった。それがなぜか釈放され、江戸に来て、庄右衛門を小伝馬町の牢屋敷から救い出した」

「はい」

「それほどの筋書きを描いた者、そして実行できる者がいる。庄右衛門は明らかにあやつられているのさ」

「なんと……」

椀田と宮尾はもはや言葉もない。

「それでな、江戸の岡っ引きたちというのはじっさいにはろくでもないのが山ほどいるにせよ、こういうときは頼りになるのさ。なにせ五百人近い連中だからな。面白い話がいろいろと上がってきたぞ。まず、江戸の寺の中に、天長寺のほかにもいくつかさかさ仏を拝むところが見つかった」

「どこでしょう？」

「浅草の東円寺《とうえんじ》、今戸《いまど》の正音寺《しょうおんじ》、王子の常真寺《じょうしんじ》、麻布の金翔寺といったところさ。しかも、そういううわさがあるのに、なぜか寺社方から黙認されている気配だというのさ」

「……」

「そして、俊海は次に高台に箱船をつくると言っていたらしいな」

「ええ」

「この中で高台にある寺は、麻布の金翔寺だけだ」

「そうなのですか」

「さらにな、あのあたりにはわりとくわしい男で、渋谷宮益町《みやますちょう》によいしょの久助という岡っ引きがいるのさ。この男は幇間《たいこ》をしながら十手も預かっている変わり種なんだが、面白い話を拾ってきてくれたぞ」

「はい」

「どうも、麻布の金翔寺に近ごろ京から秘仏が届いたというのさ」

「秘仏が」

「これは京のさる大寺のものだったが、江戸の末寺がたいそう大きくなり、金にものを言わせて頂戴したそうだ。ところが、京の大寺側では、ひどく後悔しているらしい。わしにはなにやら、この秘仏を追うように双助が出てきたようにも思えるのさ」

「………」

「この秘仏は年末くらいにご開帳の一大興行を打つ予定になっている。そのときはもちろん、本堂に置かれるのだろうが、いまはたいそう厳重なつくりの宝物殿などと称する建物におさめられているんだそうな」

「それですか、庄右衛門が狙っているのは！」

と、椀田が小さく叫ぶように言った。

「あのあたりをうろつくやつがいたり、梯子屋が見かけられたり、怪しい動きもあるらしい。わしは、間違いないと踏んだ」

と、根岸はにやりと笑った。

いつものやさしげな笑みではない。どこか凄みが漂う不思議な笑みである。

「では、御前がいつもおっしゃっている場所と刻《とき》が特定できたら、あらゆる盗みは阻止できるという、その場所が……」

宮尾が意気込むように言った。

「うむ」

「刻のほうは？」

「おそらくご開帳になれば寺も警戒を強め、寺社方からも人員が送り込まれることになるだろう。わしはその前、宝物殿にあるあいだが怪しいと睨んでいるのだ」

「では、すぐに寺社方とも協力して、ひそかに人員を配備しましょう」

椀田が言った。

「待て、椀田。このこと、寺社方には伝えぬ」

「え？」

「わしらだけで、ひそかに動く」

「なんと」

椀田は目を瞠った。

「ですが、金翔寺の中となるとやはり」

宮尾が不安げな顔をした。

「よいか。今度の件、恐ろしく底が深いぞ。京の大寺の思惑、さかさ仏の黙認、それは間違いなく寺社方とつながる」

「お奉行……」

「御前……」

「わしも今度は勝てるかどうか」

めずらしく根岸が深いため息をついた。

第六章　背中の菩薩

根岸肥前守《ねぎしひぜんのかみ》は夢を見ていた。

この夜は、奉行所の裏手の私邸ではなく、駿河台のほうに帰って寝ていた。調べものがあったからである。

書斎にこもって、宮尾に手伝わせながら一刻ほどいろいろ書き写したあと、孫の篤五郎《あつごろう》とすこしだけ話をし、庭に出てしばらく木刀を振ってから布団に入った。

このところ眠りが浅く、寝る前に身体を動かさなければと思っていた。今宵はひさしぶりにゆっくり眠れるかもしれないと期待した。

だが、夢を見た。

風邪気味で、木刀を振っているときにはすこし寒気がしていたせいもあるのか、奇妙な夢だった。

自分の葬儀がおこなわれていたのである。

もっともこの夢は初めてではない。何年に一度の割合で、もう何度も見てきた夢である。今度のもそう変わった光景ではない。寺の前をぞろぞろ人が歩いている。すぐに葬儀の列というのはわかった。真ん中にあるのは早桶ではなく棺である。

「どなたが亡くなったのかな？」

と、隣りにいた男に訊くと、

「赤鬼だよ。根岸肥前だよ」

そう答えた。

「ああ、そうか。わしは死んだのか」

と、すぐに納得した。

棺は寺の本堂の真ん中におさまっていた。これから切り分けられる羊羹みたいに、やけに黒々と光っていた。

列席者は多く、松平定信《まつだいらさだのぶ》もいれば、石川忠房《いしかわただふさ》や阿部播磨守《あべはりまのかみ》もいた。松平定信は嬉しそうに笑っていた。阿部播磨守はひどく怒っていた。根岸自身も笑っていた。

根岸は棺のそばまで寄って、自分の亡骸をのぞきこんだ。

中にいたのは、菩薩の像だった。

自分では赤鬼が横たわっていると思っていたから、これには驚いた。

「なぜ、菩薩が？」

と問いかけても、誰も答えなかった。

このあたりから根岸は目覚めかけていた。頭の半分では、これは夢なのだとわかっている。

つねづね根岸は、夢をくだらぬものとは思っていない。悩んでいることの解決策みたいなものを暗示してくれたりもする。

このときも夢を見ながらそう思っていた。

この夢は、わしになにを伝えてくれているのだ——と。

一

岡っ引きの梅次《うめじ》は麻布の町にやって来ていた。この五日ほどは通い詰めである。

麻布周辺を注意するように椀田豪蔵から言われたのだ。

神楽坂が縄張りなのに、このところ深川だの麻布だの、遠くまで出ばることが多い。今日も坂の途中で神楽坂の町役人から、「若親分は、地元をお見限りのようですな」と、嫌みを言われてしまった。

——この件が解決したら、まめに地元を回らなければ……。

と、梅次は思った。

さかやきがだいぶ伸びてきていて、このあたりのうわさも聞こうと、麻布坂下《さかした》町《ちょう》の床屋に入った。町のうわさを聞くには、床屋と湯屋がいちばんである。

順番を待つために座ると、「何か、面白い話はないか」と尋ねるまでもなく、床屋のあるじと客とのあいだで、さっそくうわさ話が始まった。

「聞いたかい、親方。小さな菩薩の話は？」

と、客が床屋の親方に言った。

「小さな菩薩？　なんだ、そりゃ？」

「どういう理由があったんだかは知らねえよ。ある高名な仏師が若い女に小さな菩薩の像を見せて、これと同じものを背中に彫らせなさいと言ったんだそうだ。その菩薩はやたらに見せてはいけないと言い聞かせてな。もし、見せることがあるなら、それはあまねく人々に見せなければならないんだそうだ」

「ほう。背中の秘仏というのは面白いな」

客のさかやきに剃刀《かみそり》をあてながら、おやじは言った。

「じっさいに彫ってもらったんだぜ」

「へえ」

「女は麻布に住んでいるんだってよ」

「麻布ったって広いぜ」

「二之橋のすぐ近所らしい」

「じゃあ、ここからもすぐだな」

そこへ、順番待ちをしていた別の客が口をはさんだ。

「へっへっへ。それが、いい女なんだよ」

「おめえ、見たのかよ」

と、親方が訊いた。

「もちろん見たさ」

「この野郎、なんで教えねえんだ」

「おれだってたまたま見かけたんだもの」

「彫り物を入れるなんざ、素人じゃねえんだろ？」

「いや、素人だ。彫りたくて彫ったんじゃねえらしい。その仏師がなにとぞこの菩薩をそなたの背にと頼み込んだらしい」

「へえ」

「かわいい顔をしてるんだ。色が真っ白でさ」

「羨ましいな。それで菩薩は見たのか？」

「だから、それは見せねえんだって」

「見てえもんだなあ」

隠されると見たくなる。それが人の心理だろう。

聞いていた梅次だって見たくなる。

――この調子だと、うわさは麻布じゅうを駆け巡っているだろうな。

と、梅次は思った。

同じうわさを、宮尾玄四郎《みやおげんしろう》も聞いていた。

宮尾は麻布宮下町の湯屋の二階で横になっていた。ふだん宮尾はあまり湯屋の二階に上がらない。

だいたい湯屋の二階には男たちしか上がらない。いくら湯に入ってさっぱりしているといっても、男臭さでむんむんしている。そういうところを宮尾は好まない。

だが、うわさを聞いたり、町の怪しい動きを見張ったりするには、ここは欠かせないところなのである。

「ほれ、例のおきぬだがな」

と、客同士の話がはじまった。

「おきぬ？」

「背中に小さな菩薩を彫られた女だよ」

「ああ、あの女か。二之橋の近くに住んでるんだろ」

「なんとしてもご開帳を、という依頼が殺到しているらしいぜ」

「そりゃあそうだろうな」

「これだけ評判になってみなよ。たとえば料亭をそのご開帳の場所としたりするぜ。いったいどれだけの客が訪れるかね」

「いや、じっさい依頼人には料亭のあるじもいるし、呆れたことに寺の住職までいたんだそうだ。ご開帳はうちの寺でってな」

「へえ」

「三百両を目の前に出されたそうだぜ」

「三百両。断ったのか」

「ああ」

「そりゃあますます見たいな」

「だろう？」

「ぱっと見るだけでいいよ」

「ぱっとじゃしょうがねえだろう」

「いや、見た瞬間に祈るんだ。それで大事な願いが叶う気がするね」

「その女も湯屋には行くだろう。のぞけねえのか？」

「あいにく内風呂があるらしい。それでも、やったやつはいるらしいな」

「失敗したのか？」

「それで大騒ぎになったそうだ。やろうとしたやつは番屋に突き出され、大目玉だよ」

「無理やり家に忍びこもうとした者もいたらしいな」

「首尾は？」

「おきぬには兄貴が一人と弟が二人いるんだとよ。こいつらが滅法、喧嘩が強くて、たちまち叩き出されるのが落ちらしいぜ」

どこでも似たような話が飛び交っているのだ。

宮尾はこの日、そば屋と甘味屋でも、背中の菩薩の話を聞いた。

むろん宮尾は、奉行所にもどると早々に、この話を根岸に伝えた。

「町中どこに行っても、この話で持ち切りです」

「何をしている女なのだ？」

「ちょっと前までは煮売り屋で働いていたとか。でも、騒ぎになって以来、人前に出るのを嫌がっているみたいです」

「ふうむ」

耳が動かない。

根岸にしてはめずらしく、さほど興味は湧かないらしい。それもそうで、いまは仏像庄右衛門のことで、それどころではないはずである。

二

麻布仙台坂、常永山《じょうえいざん》金翔寺。

この寺の住職である明達和尚《みょうたつおしょう》は、天長寺の住職に輪をかけて強欲だった。ただ、強欲なだけに金儲けはうまく、近辺でも裕福なことではいちばんらしい。奈良《なら》の東《とう》大寺正倉院《だいじしょうそういん》に憧れて、境内の隅につくった宝物殿には、珍奇な宝がいっぱいおさまっているという噂もある。

その明達和尚はいま、とにかく豪華な墓をつくりたいという女の相手をしていた。

「お金はいくらかかってもいいんです。あの人があの世でも大きな顔ができるような墓であれば」

と言ったのは、なんと、しめではないか。

なんでもしめは、本郷にある間口十五間の大店のおかみで、もともとここの檀家であった先祖の供養のため、相談に来ているというのである。

大店のおかみにしてはずいぶん日に焼けているが、それは夫妻で行商から叩き上げ、一代で財をなした証しであるとのことだった。

「よい心がけじゃのう」

と、明達は大きくうなずいた。

「こちらの寺ではそうしたことをしていただけるのでしょうか？」

「もちろんじゃとも。ただ、それだけの大きな石を探し、飾り立てるとなると、百両や二百両でできることではありませぬぞ」

「もちろんでございますよ。いちおう三千両ほどは準備しているのですが、足りなくなったらまたご相談ということで」

「そうか、そうか」

「ところで、このあたりでは背中の菩薩の話で持ち切りでございますね？」

「ああ、あれな。くだらぬ話さ。ああいう噂は町方で取り締まってもらわないと困るのだがな」

「でも、悪いことをしているわけではありませんでしょ？」

「人騒がせではないか」

と、明達和尚は顔をゆがめた。

「もうすぐご開帳をするんですってね」

「ご開帳？」

「ええ。いったいどれだけの寄進が集まるのかと話題になっていますよ。あたしも何かのご縁かもしれないので、五百両くらいならいいかなと思っています」

しめは扇子をひらひらさせながら、「五百両」というところを、風で飛びそうなくらいに軽い調子で言った。

「ご、五百両を。そんな馬鹿な。やめておきなされ。背中の菩薩など、なんのご利益もない。それよりはうちの秘仏を拝みなされ」

「あら、こちらにも秘仏なんておありなのですか？」

「ありますとも。そんな小娘の背中などと違って、数千年の時の重みに耐えてきた立派な像ですぞ」

「あら、ご開帳もなさるのですか？」

「むろん、年末から正月にかけて」

「まあ。それだと背中の菩薩のご開帳と重なるのですね」

しめがそう言うと、明達和尚は目を見開いた。

「重なる？」

「ええ。向こうも年末から正月にかけてやるそうです」

「それは駄目だ」

「駄目だとおっしゃられてもねえ。たしかに、下でご開帳をされたら、この急な坂をのぼって来る人はすくないかもしれませんね」

そう言ってしめは、大店のおかみにはふさわしくない、「がはは」というような笑い声をあげた。

「ご開帳を早めるだと?」

仏像庄右衛門《しょうえもん》は顔をしかめた。

金翔寺の秘仏のことである。

住職の明達が、背中の菩薩のご開帳のうわさを聞き、急遽、変更を決定したのだ。

「本堂に移されると、手はずはまるで違ってきます」

と、双助《そうすけ》が言った。

本堂の周囲は完全に樹木が伐り払われ、広場のようになっている。あれでは潜入するのに支えがなく、人の重みに耐え切れない。いくら梯子を使ってもあまりに距離があると、綱がたわみすぎてしまうのだ。

地下からの道も、場所に誤差が出るし、だいいちいまからでは間に合わない。

「いつからだ?」

「明後日には本堂に移し、ご開帳が始まります。そうなれば寝ずの番もつきましょうし、寺社方も警戒に来るでしょう。寺社方の連中の警備では、出しぬいても根岸を嘲笑することにはなりません」

「今宵の決行はいくらなんでも無理だろう」

「明日の夜しか」

「やれるのか、双助？」

「ほぼ準備は整っていますので」

少しずつ宝物殿の屋根に切れ目を入れ、ぱかっと開くようにしてある。

「む」

急ぎ仕事をすることになった。


いったんは双助の判断を認めたが、仏像庄右衛門は不安を覚えていた。

——なにか、おかしい。

ここまでは、とにかくあまりにも都合よく物事が進んだ。

だが、その嚙み合わせがおかしくなっている。

明日の決行もそうだ。双助たちはやはり、もっと時間をかけて決行しようとしていた。

それが急に早まった。

何か自分の知らないことが動いている。そんな気がするのだ。

——誰かに操られている？

だが、しょせん人のすることなんていうのは、そんなものかも知れなかった。

三

椀田《わんだ》豪蔵《ごうぞう》と宮尾玄四郎は、暗くなってから麻布の町にやって来た。

根岸は明日の夜、ことが動くと予言した。

わからないのは、奉行所の人手をいくつかに分けたことだった。しかも、金翔寺に詰めるのは、根岸のほか、椀田と宮尾、梅次、ほかに中間が三人と数が少ないのである。

ほかは仙台坂の下や三之橋や四之橋、さらには品川宿にまで人員を配置させた。

「栗田《くりた》や坂巻《さかまき》も三之橋に回っただろう」

さりげなく町を見回りながら、椀田は言った。このところずっと羽織に着流しに雪駄という同心姿だったが、今宵は違う。謹慎中だったときのような、浪人者の恰好である。

「ああ。まるで、わざと逃がしてからもう一度捕まえようとするみたいだ」

宮尾も路地をのぞきながらうなずいた。このところ、麻布界隈をずいぶん歩きまわり、細い道なども頭に入っている。夜の追跡のときなどは、この土地鑑は役に立ってくれそうである。

「わからんな、お奉行の考えが」

「こういうときは御前もわかっていないのかも」

「まさか」

「いや、賽《さい》を振って出た目で次の手を打つ。逆に言うと、御前だからできることなのかもしれないぜ」

二之橋の近くに来ると、小さな人だかりがあった。

「何をしている？」

と、椀田が声をかけた。

「いえ、とくには」

「誰の家だ？」

「ほら、あの背中の菩薩の娘」

このうわさは誰でも知っているだろうという口ぶりである。

「この家の女なのか」

見ていると人が出てきた。

ちらりと向こうに女が見えた。いい女だった。小柄だが、姿勢がよく、きりっとした感じがする。夜目にも肌の白さはわかる。まだ二十歳をいくつか出たくらいだろう。

「あれだよ」

「ああ。ご開帳が楽しみだ」

野次馬たちは言い交わしている。

だが、椀田や宮尾が驚いたのは、女ではなかった。

そこから出てきたのは、根岸の盟友である五郎蔵《ごろぞう》だった。

「五郎蔵さん」

椀田が声をかけた。

「おっ、椀田さんに、宮尾さんじゃねえですか」

「どうして、ここに？」

「あれ。根岸からは何も聞いていなかったかい」

「ええ」

「じゃあ、まずいところで会ってしまったかな」

「まさか」

宮尾がつぶやいた。

「え、どうした宮尾？」

「あの女は五郎蔵さんの？」

「うむ。まあ、あまり大きな声では言えぬが、頼まれて面倒を見てやっているのさ」

五郎蔵には似合わないはにかんだ顔である。ずいぶん若い姿らしい。

「そうだったんで」

椀田は呆れたような顔をする。

「ちょっと待ってください。では、御前はこのことをご存じなのですよね」

「うん、まあな」

そう言いながら、五郎蔵は二人を人ごみから離れたところへと連れて行くではないか。

「宮尾、どういうことなんだ」

椀田は訳がわからない。

「あ、そうか」

宮尾はわかったらしい。

「おい、教えろ」

「御前が引っかけたんですね」

と、宮尾は言った。

「そういうことさ」

五郎蔵はにやりと笑った。根岸の笑顔よりもっととぼけた感じがする。

「金翔寺のご開帳を早くさせるために」

「うまく行ったようだな」

「そうか、これで場所だけでなく、刻《とき》のほうも特定させたわけか」

椀田がぽんと手を打った。

「では、背中の菩薩は嘘なんですか？」

「それは嘘なんかじゃない。だから、ちゃんとご開帳はおこなうぜ」

「そりゃあ、おめでたい」

と、宮尾は面白そうに笑った。


根岸は熱い湯に長風呂をしてしまい、いささかだるくなってしまった。

浴衣一枚だけはおり、寝床の上でぼんやりしている。

明日の夜はさぞ忙しいことだろう。すべての謎が解決できるのか、まるで見通しは立たない。

おそらく金翔寺には、寺社方の連中がひそむに違いない。

そこで、庄右衛門は捕縛、双助のほうは京に逃がしてやる。そういう筋書きではないか。

これで寺社方は溜飲を下げ、わしを出しぬき、京の大寺との密約を叶えるのだろう。

とはいえ、寺社方と境内でことを構えるわけにはいかない。

――だが、双助は逃がさない。

そのために、金翔寺を取り巻くように人員を配置するのだ。

寺社奉行、阿部播磨守。

あるいは、さらに上に……。

――本当にそんなことがありうるのか。

途方もない想像である。背筋が寒くなる。

考え込んでいると、どこかから風が吹いた。懐かしい気配の風である。

お鈴が嬉しそうに鳴いた。

後ろにおたかが座っていた。駿河台の屋敷から来てくれたのだ。

「よう、おたか」

「よろしいのですか、お前さま?」

おたかが不安そうに訊いた。

「何がだ?」

「ずいぶん危なげな道を行こうとしています」

「わかるか?」

「その道はお前さま……」

根岸の袖を引っ張るようなしぐさをした。

「よいのじゃ」

「でも、お前さま」

「おたか。わしはすでに還暦をいくつも越えた」

「はい」

「残りが何年あるかもわからぬ」

「それは、若い人であっても」

明日、何があるかはわからないと言いたいのだろう。

「そういうことではない。わしはもう、ありきたりのというか、おなじみの隠居が通る道——毎日、庭を眺め、そこらを散策し、日なたでのんびり茶をすすっているような余生は諦めたのだ」

「まあ」

「それはそれで、あるべき道のひとつかもしれぬが、わしには無理だ」

「そうですね」

おたかは小刻みにうなずいた。

「それよりはむしろ、わし自身が妖かしになろうかと思っている。少々、気の触れた化け物のような人間にな」

そう言って、湯上りの肌に浮かんだ左腕の彫り物を見た。

赤鬼が闇を睨んでいる。

「なんと、恐ろしい」

「だが、おたか、そんな人間にならねば、巨大なものとは向き合えぬのさ。大きな仕事はできぬのさ。わかってもらえぬかな？」

おたかはうつむいてしまった。

まるで凍りついてしまったように動かない。人ではないもののように身じろぎもしない。

寄りそっていたお鈴が、心細げにみやあと鳴いた。

夜は深々と更けている。

四

次の日の夜である——。

刻限は五つ半（およそ夜九時）ほどになっているだろう。

梯子が三つ繋《つな》がれて夜空に伸びた。高さは七、八間にもなっている。それが斜めになると、先端同士がわずかな音を立てて触れ合った。

細長い三角のかたちをつくった。一人がすばやくこの頂点までよじ登り、がっちり組み合わされるよう、紐で結んだ。

下に金翔寺の宝物殿がある。これを跨ぐ恰好である。

梯子の下に左右一人ずついて、念のための支えになっている。

左右から二人ずつ、梯子を駆け上がって、宝物殿の上に立った。その四人の中に、仏像庄右衛門も、むささび双助もいた。

屋根の一部に綱をかけ、七人全員でこの綱を引いた。一部が横にずれた。まるで蓋であったように口を開け、潜入するところができていた。

夜の空は晴れている。

晩秋の月は高く、欠けはじめていてもまだ明るい。

こんな仕事にはいささか明るすぎるが、このあたりは大寺や武家屋敷に囲まれ、人目につかない。これくらいのほうが動きやすく。むしろむやみな音を立てずにすむ。

「お頭、いきますぜ」

「ああ」

二人とも背中に綱が結んである。この綱はのぼるときに引いてもらうが、降りるときはもう一本、下まで垂らされた綱を使う。庄右衛門はその稽古もすませている。

双助が先に降り、庄右衛門がつづいた。

宝物殿の床に降りた。堅い木が張られている。

真っ暗である。

双助が火種を出し、太いろうそくに火を点した。さっと明るくなった。

中は狭い。せいぜい四畳半程度ではないか。周囲は棚になっていて、桐の箱だの
やたらと光る仏具などが置いてあった。

ざっと見回し、庄右衛門が指を差した。

「あった。それだ」

箱におさまってはいるが、蓋は開けられていた。一尺ほどの銅製の菩薩である。

弥勒《みろく》菩薩。釈迦の次に、哀れな衆生を救ってくれる菩薩。

双助がそれを抱きかかえるように取り出した。

「見事だ」

と、庄右衛門は言った。そう古くはない。平安時代の終わりごろではないか。美
しさではいままで手にした仏像の中でも三本指に入るかもしれない。

「あ、これは見事ですね」

双助も言った。

「わかるか」

「これはわかります」

「じっくり見るといい」

「いや、持ち出してからにしましょう」

双助はそう言って、上に手をあげ、合図をした。横顔が嬉しそうに笑っている。

菩薩を持ったまま、双助はたちまち上に消えた。

次が庄右衛門の番だろう。上を見ながら待った。

――遅いな……。

綱はなかなか降りてこない。

疲労を覚えて床に腰を下ろした。牢の暮らしが長く、まだ本当に体力は回復していないのだ。

空が見えている。星が光っている。自分が深い井戸の底にいるような気がした。

じりじりしてきた。いったいどうしたというのだ。

声を上げたいがそれはできない。

双助たちに何かあったのだろうか。外で捕まってしまったのか。

不安になって来た。身体が震え出した。いままで盗みの現場でこれほど怖がる自分ははじめてだった。

もう四半刻《しはんとき》（およそ三十分）は経ったかもしれない。

庄右衛門はじっとしていられず、立ち上がった。狭い内部を歩きまわり、ふと宝物殿の扉に手をかけた。ぎっと音がした。施錠されていない。

「嘘だろ」

思わず口に出して言った。開いているではないか。何のために苦労して空から侵入してきたのか。

押した。重い扉だが、さほど苦もなく開いた。白々と光る地面が周囲に広がっている。十八夜の月が頭上にある。地面が明るいのは月光のせいもあろうが、敷き詰められた白砂の輝きにもよるのだろう。

庄右衛門は大きく息を吸うと、水の上に足を置くような気持ちで、その光る地面の上に足を踏み出していった。

「庄右衛門が出てきました」

と、宮尾が言った。

根岸たちは境内の隅で、宝物殿がよく見える祠にひそんでいた。

「うむ」

「どういうことでしょう？」

さきほど、双助と手下たちはこの寺から急いで逃げて行った。双助は仏像を抱えており、盗みには成功したらしい。

庄右衛門だけが出てきていなかった。

「やっぱり、置き去りにされたか」

「なにゆえにでしょう？」

「哀れな役割を振られたのさ」

根岸は斜めの笑みを浮かべた。

「捕えますか」

「まだだ。わからないのだ」

寺社方が動かない。

本堂にはさっきから人の気配がある。

何が起きようとしているのか。

わからないまま捕縛してもわからず仕舞いとなる。先に逃げた双助一味は、各所に配置した部下たちが捕まえてくれるはずである。

「待とう」

と、根岸は言った。

庄右衛門はあたりを見回した。外にも宝物殿の屋根にも誰もいなかった。梯子もなかった。

「どういうことだ」

取り残されたのか。

「双助。どこに行ったのだ」

庄右衛門は声に出して言った。むろん、返事はない。二代目仏像庄右衛門の綽名はもういらなくなったのか。

ひどく不安だった。ろくに言葉も話せぬ子どもになったような気がした。双助が父だった。母は見当らない。

本堂のほうで声がしていた。

お声明《しょうみょう》かと思った。だが、違った。そっちへ足を向けた。

地面が真っ白だった。

月の世界のようだった。

とぼとぼと歩いた。

自分はどこに来てしまったのかとも思った。

本当はやはり、あの小伝馬町の牢屋敷で、首斬り浅右衛門に首を落とされ、死んだのかもしれなかった。いまはただ、自分の身に起きたことが飲み込めず、さまよっているだけなのではないか。

本堂をそっとのぞいてみた。人が集まっていた。そう多くはない。二十人くらいだろうか。多くは町人たちであるが、武士らしき者も数人ほど混じっている。若い者よりは年寄りのほうが多かった。

こっちに来たときは、本堂に人の気配はなかった。あのあとで来たのか、それともすでに来ていて、じっと潜んでいたのかもしれない。

招かれたような気になって、庄右衛門は中に入った。

俊海《しゅんかい》がいた。庄右衛門を見ると、

「迷える人が来た」

と、言った。

皆、うなずいた。だが、そのお声明のようなものは熄《や》まなかった。

不思議な旋律だった。

言っていることがわずかに聞き取れた。

この前見たように、阿弥陀さまはさかさに吊り下がっていた。

ああ　まいろうやな　まいろうやな

はらいその寺に　まいろうやな

はらいその寺と　もうするやな

広いな　寺とは　もうするやな

広いな狭いは　わが胸にあるぞやな

旋律には悲しみの匂いがした。切なさがこみあげた。自分がずっと聞きたかったのはこの歌だったのではないか。庄右衛門はそんなふうにさえ思った。仏像を次から次に求めたのは間違いだったのではないか。やむにやまれぬ思いに突き動かされてきたが、しかし、誤った道に入り込んでいたのか。自分はこっちの道に来ればよかったのだろうか……。どうして人は、自分が歩むべき道さえ、ちゃんと決められないのだろう。

「では、今宵はこれでお開きだな」

俊海は立ち上がった。

すると、皆は帰って行くらしかった。

俊海は本堂の外に出て、門の近くまで行って彼らを見送った。

淡い月の光の下をとぼとぼと帰って行く彼らは、遥か遠くから来てさらに遠くへ向かう旅人たちのように見えた。

「わかっているのか、あの連中は？」

と、庄右衛門は訊いた。自分たちが拝むものが、じつは仏ではないということを知っているのだろうか。

「いや、なにも。ただの善男善女さ」

「わからないで拝んでいるのか」

「それでよいのじゃ。所詮、人は何もわかっておらぬ。ただ拝めばいいのだ」

そうかもしれなかった。

「おれもわからぬことだらけだ」

と、庄右衛門は言った。切ないところに生まれてきて、あがいているうちに一生が終わり。ずっとそう思ってきた。今度、はからずも牢から出られたが、人生の不可解さはなおさら増したような気がした。

いったい何のために牢を出たのだろう。

「だが、わしもさっきの歌を聞いて、心が慰められた気がした。不思議だな。これを聞くために牢を出たのかな」

庄右衛門はそう言った。

「それはよかった」

俊海は大きくうなずいた。

「のう、御坊。人は許されるのかな」

庄右衛門はしみじみとした調子で訊いた。

「許される？」

「そう。この愚かしいわしをすべてまとめて、頭のてっぺんから足の先まで、許してくれるものはないのかな？」

それこそが庄右衛門のいちばんの望みかもしれなかった。極楽に行けるだの、永遠の命を得るだのといったことではなく、ただ許されること。

「あるとも。わしらが拝んでいるのがそれだもの」

さかさになった仏の向こうにおわすものか。

「そうなのか。あんたに会えてよかったよ」

そう言って、俊海の顔を見た。

「庄右衛門。逃げたほうがよいぞ」

俊海の顔が変わっていた。

「え？」

「早く逃げたほうが……」

そのときだった。

本堂から五人ほどの男たちが現れた。武士だけでなく、町人然とした者もいた。だが、いずれも刀を手にしていた。

男たちは庄右衛門を取り囲んだ。巨体の俊海もなすすべなく、その外へと追い払われた。

「そうか。さっきの連中に混じっていたのか」

「庄右衛門、黙れ」

と、先頭にいた男が言った。

深川の天長寺にしばしば現れた田端欽十郎《たばたきんじゅうろう》である。

田端の動きは素早かった。いきなり抜き打ちに庄右衛門を袈裟斬りにした。白い地面に、血しぶきがほとばしった。

「お許しを」

庄右衛門は倒れかけながら、静かにつぶやいていた。

五

「やつら、寺社方ですか?」

本堂から出てきた男たちに驚いて、宮尾はそう訊いた。

「そうだな。あっちにまぎれていたか」

と、根岸が言ったとき、いきなり庄右衛門が斬られたのである。

「しまった」

根岸が飛び出した。

椀田と宮尾もつづいた。

「いきなり斬るとは何ごとだ」

根岸が叫んだ。

「糞っ。町方が来てるぞ」

誰かがそう言った。

「手出し無用、手出し無用だぞ。われら寺社方の者」

一人が正面で手を広げた。

「寺での捕り物は許さぬ」

「そんな馬鹿な」

椀田は刀を抜いた。

宮尾も手裏剣を構えた。

田端欽十郎が根岸に向かって斬りつけてきた。以前、出会ったときより、さらに狂気を感じさせる表情だった。

宮尾の手から手裏剣が飛んだ。それはあやまたず、田端の右手首に突き刺さった。

「糞ぉ」

それでも左手一本で剣を振り回す。これを椀田の豪剣が跳ねあげた。

きーん。

と、音がして、田端の剣が二つに折れた。

「ここは境内。町方の侵入は許さぬぞ。去れ、去れ」

まだ喚いている。

「椀田、宮尾。致し方あるまい。境内からは出るぞ」

根岸が声をかけた。

寺社方と斬り合うのはもう無駄であった。庄右衛門はむくろになり果てている。

俊海らしき男もどさくさにまぎれて逃亡したらしく、見当たらない。

「このど悪党ども」

椀田が悔しまぎれに吠えた。

「根岸が来ていただと！」

阿部播磨守は大きく目を見開いて立ち上がった。

「ははっ」

家来らしき若い武士が低頭した。

「なぜ、金翔寺がわかったのだ。わかるはずがないではないか」

「あやつの大耳で」

「くそっ、何が大耳だ」

庭に杯を放り投げた。

ここは金翔寺をすこし北に行ったあたりにある増上寺の隠居屋敷と呼ばれるところである。親しくする者がいて、今宵はその離れを借り、金翔寺のようすを報告させるべく手配してあった。

綿密な仕掛けをほどこしたつもりだが、まだ不安はあった。

寺社奉行というのは、一人ではない。ほかに三人いる。金翔寺の住職である明達をもうすこしうまくあやつりたかったが、あの手の坊主はぺらぺらと他の奉行に余計なことをしゃべったりする。なかには根岸寄りの者もいるのに。

「庄右衛門は？」

あいつはなんとしても死んでもらわなければならない。

「田端欽十郎が斬り捨てました」

「あの馬鹿もこういうときだけは役に立つか。むささび双助は？」

「逃げ出しましたが、あの分だと、もしや根岸の網が」

「ううっ。双助が捕まることにでもなれば……」

「だが、双助は何も知りませぬ。ご心配は無用かと」

「わかるか。あの根岸だぞ。どこから糸を引っ張り出してくるか」

阿部播磨守は庭に出た。

空を見上げる。月など目に入らない。

「根岸のやつ」

と、つぶやく。

「早く殺してくれたらよいのだ」

なおもつぶやく。

闇の者ももう何度か暗殺は試みたのだ。だが、ことごとく失敗している。

怒りと焦りがこみ上げてくる。

「さんじゅあんに会わなければ」

と、阿部播磨守は言った。


俊海は暗闇坂を駆け降りると、今度は鳥居坂を駆け上がった。

わけもわからぬまま、あの場を逃げ出した。あのまま いても、自分が襲われることはなさそうだったが、とてもあそこにいるつもりはなかった。

いきなり庄右衛門が斬られ、度を失ってしまったのだ。

仏像庄右衛門が双助を通してあやつられていることは、傍で見ていてもわかることだった。

おそらくあの男は、根岸肥前に恥をかかせるためだけに、小伝馬町の牢屋敷から出されたのだ。

それを寺社方がつかまえ、溜飲を下げられる、そういう役割だった。

まさか、あそこで斬られるとは思わなかった。もっとも、どっちにせよ、打ち首は免れなかったのだが。

――ただ、わからぬのはわしだ？

なにか、わしにも役目はあったような気がする。だが、どんな役を果したのか、さっぱりわからないのだ。

単にあのあたりで起きていることを上に伝えていただけではないか。天長寺にいい仏像があったこと。金翔寺にいい仏像がやって来たこと。

あとはただ、さかさ仏について、一生懸命、布教をしてきただけである。

高台に箱船をつくることも、中途半端になってしまった。木場からは遠く、材木の調達や人手の確保でも、深川の何倍もの金がかかりそうだった。だが、それもどうにか目途が立ってきたのだが……。

これでまた、町方に怪しまれたりするのか。どうも玉助《たますけ》の死についても、わしを追いかけるような動きがあるらしい。あれは明らかに病死であろう。玉助は身体が弱く、告解の途中でふいに倒れ、死んでしまった。なんでわしが玉助を殺さなければならないのだ。本気で惚れていたのに。

すべては、あの方がご存じなのだろう。

俊海は夜の底を走りながら思っていた。

――さんじゅあんさまにお訊ねすればいい……。


仙台坂の上がり口のところにいた根岸の下に、次々に報告が届いていた。

「三之橋のところで、梯子を持って逃げてきた二人を捕縛しました」

「四之橋のところで、四人のうち、三人を捕縛。一人はさらに逃亡を企てましたので、坂巻弥三郎がかかとの上を斬って、それを防ぎました」

一味は庄右衛門を入れて、全部で七人だった。

ということは、どうやらむささび双助は無事に捕縛できたらしい。

――くだらぬ茶番を仕組みやがって。

根岸は空を見上げた。大きな月があった。こうした騒ぎの中にいること自体が、根岸は恥ずかしいような気持ちになった。

秋の夜の月は、一年でいちばんきれいなのに、と思った。

六

翌日も評定所では幕政についての会議があった。

年貢の話し合いがこじれ、仏像庄右衛門の話は最後にほんのすこし触れただけだった。

会議が終わると、廊下のところで根岸と寺社奉行の阿部播磨守がたまたま肩を並べるかたちになった。

「どうしてこの世というところの闇は深いのでしょうか」

と、根岸は言った。

「まったくよのう」

「せめて、庄右衛門を生かして捕まえることができればよかったのですが」

「うむ。あの庄右衛門を斬った者は馬鹿でな。とにかく寺社方のためと思い込むと、上司ですら止めようがないというのだ。ああいう猪突猛進の男は便利なときもあるが、どうにも困ったものよのう」

「むささび双助はどうにか捕まえました」

子分も全員捕縛したし、盗まれた弥勒菩薩も取りもどした。仏像などには造詣が浅い根岸ですら、金翔寺に置くのはもったいないと思ってしまったほどの御仏だった。

双助はいま、南町奉行所の牢に入れている。まさかもう、双助の奪取を試みようとする者はいないだろうが、根岸は万全の警戒を指示した。

庄右衛門の一番弟子も図太いところは同じらしく、すでに覚悟を決めているようだった。ただ、庄右衛門の最期を伝えても、薄く笑みを浮かべただけだったところを見ると、師弟の情というのはあまり通っていなかったのだろう。

「そうらしいな」

と、阿部播磨守はよそのほうを見たまま言った。

「しかし、どこまで知っているかどうか」

「どこまで？」

「例繰《れいく》り方《かた》にここ数年の記録を当たらせましてね。不思議な話を見つけました。仏像庄右衛門が、増上寺の釈迦像を盗んだおり、それをもどす際に、どうも二度取りしたらしいのです」

「……」

阿部播磨守の顔色が変わった。

「増上寺と交渉のあいだに入った者の裏をかき、ずいぶんな金をせしめたらしい。それが誰かはわからないのですが、寺社方の資料と照らし合わせると、名前は出てくるかもしれませぬ。今度、お調べいただけますかな？」

「うむ。では、そのむね伝えておこう」

阿部播磨守は、かたわらの柱に手を置いた。

「どうなされた、お顔の色が」

「うむ。ちとめまいがしただけでな。かまわぬ。先に行ってくれ」

「では、お大事に」

阿部に背を向けて歩き出しながら、

——なんとか一矢は報いたかもしれない。

と、根岸は思っていた。


「それじゃあ、椀田さま。お世話になりました」

小力は玄関のところで頭を下げた。

「……………」

そう言われると、椀田豪蔵は胸が詰まり、泣きそうになってしまった。

この女がこれまでにしてきた苦労。それに対して何もしてあげられなかったことが、自分のせいではなく、単に出会えなかったという巡り合わせのせいだとわかっていても、腹立たしかった。

「世話なんかしてねえさ」

「これで、今日から清々しますよ、きっと」

と、小力は笑った。

清々なんかするわけがない。たまらなく寂しくなるだろう。この家の屋根の下に小力がいないということが。

肝心の返事はまだ聞いていない。あの晩、深川の掘割の水音を聞きながら、「あんたに惚れちまった」と告げたのである。そのことへの返事。

小力などは男たちからあまりにもしょっちゅう言われていて、いちいち返事をするようなことではないのかもしれない。

「もう、会ってくれねえってわけでもねえんだろ？」

椀田は小力から視線を外しながら訊いた。「そのほうがお互いのために」などという返事が返ってくるような気がした。

「当たり前じゃないですか。ほんとにお座敷、呼んでくださいよ。お勘定のことなんか気にしなくていいって言ってるでしょ」

「あ、まあ、それはな」

やはり気にしないわけにはいかない。

迎えに来た小力の家の小女が、待ちくたびれたような顔をしている。

「ひびきさまにもご挨拶しなくちゃいけないんだけど」

奥をのぞくようにした。

さっきまで掃除をしていたのに、台所の裏にでも行ったのか、挨拶に出てこない。

「おい、姉さん。小力が挨拶したいってさ」

大声で怒鳴った。

「あ、はい」

漬物でも洗っていたのか、手を拭きながらやって来た。

「帰っちゃうの？　元気でね」

「迷惑ばかりかけてすみませんでした」

「ううん。そんなことないよ」

毎日、椀田に愚痴をこぼしていたくせに、白々しい芝居をしていた。

「じゃ、さようなら」

小力はさっと踵《きびす》を返すと、いかにも売れっ子の深川芸者でございという足取りでさっさと八丁堀から去って行った。


騒ぎが落ち着いた三日後である――。

〈ちくりん〉で根岸と五郎蔵が酒を酌み交わしている。力丸《りきまる》も忙しい合間をぬって、駆けつけて来ていた。

「さすがに疲れた顔をしているな」

五郎蔵が根岸に銚子を差し出しながら言った。

「うむ。今度はいささか疲れたな」

と、根岸はうなずいた。

庄右衛門の脱獄から始まった今度の事件は、さまざまな思惑が錯綜し、ひとまずは落ち着いたけれど、さらに大きな謎を残した。

かつての子分であるむささび双助が、金翔寺の弥勒菩薩を狙って江戸にやって来た折り、たまさか牢に入っているのを知り、脱獄に手を貸してくれた——庄右衛門は死ぬときまでそう思っていたことだろう。

だが、この脱獄は仕組まれたものだった。

金翔寺の弥勒菩薩を京に持ち帰るのは双助の役目だが、表向きにはその仕事を脱獄した庄右衛門にやらせる。

脱獄を許し、しかもさらなる盗みを止めることもできないのは、南町奉行根岸肥《ひ》前守《ぜんのかみ》の失態である。

そのうえ、寺社方の手によって庄右衛門を成敗すれば、あの寺に網を張っていた寺社奉行阿部播磨守の評判は上がることになる。

——いちばんの狙いはこのわしの失脚……。

庄右衛門の仏像の取引について、もっと早く、怪しげなことに気がつくべきだった。

盗んだ仏像は、わがものにしてしばらくじっくりと拝んでいたらしい。やがて満足すると、盗んだお寺にひそかに買い戻させるというのが庄右衛門のよくやる手口だった。おそらくこのとき、一部の寺社方が仲介をしていたのではないか。大きな上乗せ分を懐に入れるために。

その背後にいたのが阿部播磨守なのだ。

庄右衛門は気づいていなかったが、いつまでも泳がせておくと気づく恐れがある。そのためにも早く始末されなければならなかった。

双助にしても弥勒菩薩を京に持ち帰ったあとは、おそらく始末されたのだろう。双助にそれを勘づかせないためにも、あの宝物殿で庄右衛門はおきざりにされたのだ。

京の大寺とも連携したこの大きな筋書きをつくったのは、やはり阿部播磨守であったのか。

この筋書きには闇の者らしき俊海が微妙にからんでいた。

ただ、俊海という坊主には、ちらりと見ただけだが、これまでの刺客のような物騒な雰囲気はなかった。庄右衛門の動きを見張るためだけの男だったのかもしれない。

とすると、闇の者は人殺しばかりの集団ではないということになる。

阿部播磨守は、闇の者ともつるんでいるのか。それとも、まだ背後に大きな存在はあるのか……。

「まったく厄介なことだらけさ」

根岸はめずらしく愚痴をこぼした。

「なあ、根岸。不思議なことってえのはあるもんだぞ」

と、五郎蔵が言った。

「そりゃああるさ」

根岸はコンニャクの煮つけを口に運びながらうなずいた。不思議なこと、辻褄が合わないこと、得体のしれないこと、こんな偶然があるのかというようなこと。この世ではむしろ、わかっていることより、そっちのほうがはるかに多いのではないか。

「あいつの背中の菩薩が光ったのさ」

五郎蔵は好物の玉子焼きを口にしながら、自分でも驚いたような顔で言った。

「え？」

「すうっとな。そりゃあなんとも言えぬ、輝きだった」

「何もせずに光ったのか」

「いや、月の光は差していたさ。窓からな」

「だったら月明かりに光っただけだろう」

「そうかな」

「なんだよ」

期待したのにがっかりした。

「いや、あの光はそうではなかったな。月の光ってえのは、青白くて、冷てえ感じがするだろ。あれは、ぽわあっと温かい感じがしたんだ」

「なんだか、はっきりしない話だな、おぬしの話は。あ、そうか、そうか。おぬしは、わしを力づけてやろうと、そんなかわいい嘘をついたんだ。ここんとこ身も蓋もない話ばかりだったんで、菩薩の慈悲はあるかもしれないぞと、そういうことを暗示してくれたわけか」

「何言ってんだ、根岸」

「力丸。こいつは、しょっちゅうそういう嘘をつくやつなんだ。だから、わしはこいつのことが好きなんだ」

「馬鹿。おれがいつ、そんな嘘をついた」

「ついたよ」

「ついてねえだろうが」

五郎蔵が膳の上から塩豆を取って、根岸にぶつけた。顔に向かって飛んできたそれを、根岸は首を振って避けたが、髷《まげ》の横に当たって落ちた。

「そういうことするか、嘘つきが」

根岸も同じく塩豆をぶつけた。根岸のほうは、見事、五郎蔵の額に命中した。

「あ、この野郎」

五郎蔵が二粒いっぺんに投げてきて、一つは根岸の頬に当たった。

「これでも食らえ」

根岸はきゅうりの漬物を一枚つまんでぶつけようとする。

「まあまあ、お二人とも」

力丸がおかしくてお腹をよじった。

いい歳をした男が二人、夜の夜中にふざけ合っている。

この小説は当文庫のための書き下ろしです。

編集協力・メディアプレス

文春文庫

耳袋秘帖《みみぶくろひちょう》　妖談《ようだん》さかさ仏《ぼとけ》

定価はカバーに表示してあります

2011年1月10日　第1刷

著　者　風野真知雄《かぜのまちお》
発行者　村上和宏
発行所　株式会社 文藝春秋

東京都千代田区紀尾井町 3-23　〒102-8008
TEL 03・3265・1211
文藝春秋ホームページ　http://www.bunshun.co.jp

落丁、乱丁本は、お手数ですが小社製作部宛お送り下さい。送料小社負担でお取替致します。

印刷・凸版印刷　製本・加藤製本

Printed in Japan
ISBN978-4-16-777904-7

文春文庫　最新刊

荒野《こうや》 12歳 ぼくの小さな黒猫ちゃん
恋愛小説家の父と暮らす少女の物語。三ヶ月連続刊行の一巻目
桜庭一樹

ホーラ ―死都―
神の奇蹟か、それとも罰なのか。ゴシック・ホラー長篇
篠田節子

養生所見廻り同心 神代新吾事件覚 指切り
書き下ろし時代小説新シリーズ登場！ 若き同心の闘いと苦悩
藤井邦夫

魔女の盟約
『魔女の笑窪』の水原が帰って来た！ 待望の続篇
大沢在昌

運命の人（三）
被告席に立つ弓成に、秘めた過去が蘇る。衝撃の逆転判決
山崎豊子

いすゞ鳴る
江戸時代のツアコン〝御師〟を描く痛快時代小説
山本一力

耳袋秘帖 妖談さかさ仏
根岸肥前守が江戸の怪異を解き明かす。シリーズ第四弾
風野真知雄

漂流者
シリーズ累計五十万部「――者」第六弾！
折原一

ことばを旅する
法隆寺（聖徳太子）、五合庵（良寛）……四十八の名所旧跡
細川護熙

へび女房
維新の風に翻弄されながら生き抜く女たちの短篇集
蜂谷涼

江戸前浮世気質 おちゃっぴい
札差し駿河屋の娘お吉は、数え十六、蔵前小町
宇江佐真理

知られざる魯山人
大宅賞受賞！ 決定的魯山人伝
山田和

ひとりでは生きられないのも芸のうち
ウチダ先生と考える、結婚、家族、仕事
内田樹

父と娘の往復書簡
稀有なる舞台人親子が交した清冽で真摯な二十四通の手紙
松本幸四郎 松たか子

日本語の常識アラカルト
『問題な日本語』の著者が、言葉の不思議を解き明かす
北原保雄

嵐山吉兆 春の食卓
芽生えの春の野菜と魚。シリーズ完結篇
徳岡邦夫 写真・山口規子

闇の傀儡《かいらい》師 上下〈新装版〉
謎の集団・八嶽党の狙いとは？ 傑作伝奇時代小説
藤沢周平

覇者の条件〈新装版〉
日本史上十二人の名将を雄渾の筆で描き出す小説集
海音寺潮五郎

胸の中にて鳴る音あり
市井の人々の喜びと悲しみ。稀有のルポルタージュ・コラム
上原隆

棟梁 技を伝え、人を育てる
法隆寺最後の宮大工唯一の内弟子の〝人を育てるための〟金言
小川三夫 聞き書き・塩野米松

フラミンゴの家
父はヘタレ、娘は反抗期、取り巻く女は強者揃い。傑作家族小説
伊藤たかみ